目錄

序 p.4

Ch.1
小鹿亂葬崗

P.10　比起「韁軛」更加討厭的事
P.16　港男請你不要再跪了
P.22　นา 我不想努力了
P.30　毒L出Pool記
P.36　專家Dickson：葬撞性行為

Ch.2
獻給你的舊情書

P.40　一枝煙一光年
P.46　每個爛仔心裡面都有一位女神
P.52　屬於我們的十六年童話
P.60　Poor man & Business woman
P.68　On9導演：只因填不滿

Ch.3
戀乂八糟的我們

P.72　Fuck Boy觀察日記
P.82　殘廁扑嘢大法
P.88　有一種弱智叫做「喺女朋友面前提其他女人」
P.94　「耶穌」叫我哋分手
P.104　東方昇：走進On9的世界

Ch.4　愛の病

P.108　天下鬥仆街大會
P.116　天下鬥仆街大會 榜首：錢同女朋友同時跌落海，
　　　 我估佢會救錢
P.122　向世界出軌
P.128　我和詐騙犯男友戰鬥的111日
P.134　Kneta：背叛的人要吞一千噸屎

Ch.5 幸福終轉站

P.140　沒有顏色的愛
P.148　致愛
P.156　向世界咆哮我愛你
P.164　利君牙：一人一足的歸宿

序

《圍爐取戀》由概念誕生到第一集試拍集誕生中間嘅時長，其實只係三日。

由節目概念誕生嘅一日，我就認定呢一個係我必須要做嘅節目，我一直認為自己係必須食「愛情」呢一行飯，再加上節目內容係要聆聽人嘅故事，我更加覺得可以做呢一個節目係命運，係緣分。

而經歷一個半月嘅調整，2020 年 4 月 7 日，《圍爐取戀》第一集正式播出。然而呢個僅僅係開始，同 Editor 嘅磨合，捕捉觀眾嘅口味，節目故事嘅選擇，所有所有都係一段漫長嘅試練。幸運嘅係，呢一個由名不見經傳嘅小人物所製作嘅節目，由播出開始，由 IG 收集問題嘅第一個 Post 開始，就有你哋呢班觀眾嘅支持。我開始認得出成日投稿嘅人，邊幾個總係會最先留言。由於導演愚鈍，有好多嘅投稿未能夠處理，我深感抱歉。

可以製作呢個節目係我嘅幸運，而我更冇預料到，呢個節目竟然會有出書嘅一日，去記錄一系列嘅愛情故事，用赤裸裸嘅故事去講「愛情」。

但係好快我就遇上難題。

我本來以為我對「愛情」好有自己嘅見解，但去到真係要動手寫嗰一日，我開始問自己，我真係有資格提筆大談愛情嗎？雖然故事係受訪者嘅親身經歷，但畢竟由我重新構建，我嘅觀念、我嘅痕跡唔多唔少都會滲進文字之中。

我嘅愛情路都行得好差，做咗好多嘅蠢事，犯過太多嘅錯，傷過唔應該傷害嘅人，軟弱過太多次。我其實都好對唔住自己（一直俾朋友笑，圍爐根本就係我自己啲愛情史）。呢一個喺愛情路上都不斷失敗嘅人，真係有資格去寫其他人嘅故事？

因為一個重要嘅人，我明白咗一樣嘢。本身嘅我想用盡一切辦法去改變本我，砍掉自己所有軟弱，砍掉我嘅優柔寡斷。但我慢慢意識到，其實「弱」正正都係我嘅一部分，佢注定要同我如影隨形。真正嘅變「強」，並唔係唔再「弱」，而係正視自己好「弱」呢一個事實，之後再去行動，用行動去選擇一條唔同嘅路。

啱啊，我好「弱」，但我願意為咗我所珍視嘅事物而變「強」。我可能會犯錯，我可能會跌倒，我可能會迷失，呢一個弱小嘅我注定會跌跌撞撞，但係又有邊個唔係咁呢？有邊個唔係跌跌碰碰咁喺痛苦中長大呢？

而呢個正正就係《圍爐取戀》嘅初心，我想聽大家嘅故事，每個愛情故事都值得被聆聽，因為正正係一個一個喺痛中成長嘅故事組成我哋嘅過去，我哋嘅現在，我哋嘅未來。路可能會好難行，但我哋會同你一齊圍爐取暖，之後再繼續往前行。

於是我開始提筆寫低大家嘅故事，呢個係屬於我哋嘅故事，呢個係屬於香港人嘅故事。我嘅文筆拙劣，但我會努力為大家嘅故事加添力量，僅僅希望翻開呢本書嘅你，可以舒服咁吸一啖氣，之後坦然呼出，繼續往前邁進。

以下嘅故事獻給你。

On9 導演 潘小肥

Chapter.1

小鹿亂葬崗

第一次接觸到「愛情」嘅我同你，
都好難控制內心嗰一份澎湃嘅悸動。

向住鍾意嘅人勇往直前，
傾盡所有咁對佢好，獻出一切，不顧一切，
以為拎出勇氣就會抱得美人歸。

但原來定義呢份感情係勇敢定魯莽嘅，
從來唔係我哋自己。

我哋都曾經做過嗰隻亂撞嘅小鹿，
點知往往會唔小心撞死自己。

比起「韞軼」更加討厭的事

「搭較」係香港人基本上每日都會做嘅事。但我去到今日，每次「搭較」嘅時候個心都會離一離，因為我點都會不自覺咁諗起一件比起「輻較」更加令人討厭嘅事，就係同一個自己唔鍾意嘅人「輻」喺同一部較。

當年我喺一間服務式住宅做內務管理，每日嘅工作係喺各樓層巡查，同檢查空房嘅情況，睇吓物資有冇少到或者唔夠。當時有一個「實Q」似乎鍾意我，因為佢本身並唔係一個好出聲嘅人，但係每次我多口同佢搭咗句嗲，例如：「你今日返早啊？」佢就會好自動咁不停開話題。

「啊～係啊～我尋晚返夜啊，今日又返早追更啊。好肚餓啊，不過我食咗早餐喇，呢頭附近開咗一間……」

下刪三千字講唔停。但講真我對佢本身冇乜嘢嘅，只係當佢係一個特別鍾意同自己講嘢嘅人，直到嗰一件事發生……

嗰一日，我啱啱檢查完十六樓嘅空房，發現紙巾唔夠，啲清潔姊姊又全部都唔得閒，於是我就自己搭較落去地下，自己搬啲紙巾上去。當時我都好肯定部較裡面只有我一個人，但係！忽然之間，我聽到一把聲。

「咦？你想去搵咩啊？使唔使幫手啊？」

我當堂就梗係嚇餐飽啦！成個人即刻縮去角落，我心諗：「咩事啊？撞鬼啊？？？？」

我都未反應過嚟，嗰把聲嘅主人又繼續講嘢。

「你想去搵咩啊？成棟大廈我都好熟㗎！」

呢個時候，我先發現聲音係由部軨嘅緊急通話器傳出嚟。雖然係啫……但係都係好恐怖㗎嘛大佬！

於是我問：「你……你係邊個啊？」

「我？你唔認得我把聲咩？我係『實Q』阿 XXX 囉。」

知道唔係撞鬼之後，我冇咁驚，但係依然覺得成件事好恐怖。

「喂，你可唔可以唔好用部軨嘅咪嚟同我講嘢啊？嚇親我喇。」

「係咩？唔好意思啊，不過你而家知道係我咪唔使驚囉～」

如果佢喺我面前，我應該會忍唔住好大聲咁同佢講：「唔係呢個問題啊！ Diu ！」但係因為部韆好快就到咗地下，所以我都費事再理佢，急急腳咁行出韆。嗰一日開始我可以避開唔搭韆就盡量唔搭，就算要搭都特登等到有其他人要搭我先搭，就係驚佢又好黐線咁用緊急通話器同我講嘢。

終於捱到收工，我喺女更衣室換衫，心諗終於捱過咗呢日。但係！突然之間，一把聲喺我隔籬傳出。

「喂～終於見到你啦～收工嗱？」

我擰頭一望，發現佢笑盈盈咁企咗喺我隔籬。你明唔明嗰種係咩感覺啊？就好似你平時睇啲恐怖電影，個主角望向隔籬，發現個兇手就企喺度笑住咁望住自己，我嗰陣真係驚我會俾佢殺死㗎！

「你！你點解會喺度㗎？！」

啊⋯⋯有一樣嘢我漏咗講，佢唔係「實Q」哥哥，而係「實Q」姐姐啊！！

「哦～冇啊，我就係想同你傾吓偈咋嘛。」

佢個樣扭扭擰擰好怕醜咁。大佬啊！我嚇到就嚟心臟病發喇！

「你……你點知我喺度㗎？」

佢以為我有興趣知，即刻好興奮咁講：「保安室裡面咪有好多 Mon 嘅，我成日喺啲 Mon 度留意住你㗎！你去邊同做啲咩我都知㗎！就好似你平時下晝兩點嗰陣會……」

我愈聽就愈覺得頭皮發麻，大佬啊……你唔好咁黐線啦！！

「有時候呢，我忙緊其他嘢 Miss 咗你去咗做咩，我會自己睇返啲 Footage 㗎！」

「我會自己睇返啲 Footage 㗎！我會自己睇返啲 Footage 㗎！我會自己睇返啲 Footage 㗎！我會自己睇返啲 Footage 㗎！」啊！！！聽到呢句說話之後，佢就好似回音咁不停喺我個腦度迴響。啊！！！我真係好想咆哮！但係唔得！我要冷靜！

於是我笑笑口扮冇嘢，急急腳咁走咗。嗰陣我已經辭咗職，最後一個月我都唔想節外生枝，但係嗰一個月裡面佢就好似玩上癮咁，次次捉到我一個人搭較佢就一定會用咪同我講嘢。

「搬咁多嘢，你做咩唔搵我幫手啊？」

「你今日 Lunch 食咗咩啊？」

「早晨啊！你係唔係唔舒服啊？黑口黑面嘅？」

梗係黑口黑面啦……日日俾你騷擾……不過好彩嘅係離職之後，佢就冇再騷擾我。

其實我知道，佢會做呢啲嘢，可能只係因為佢好鍾意我，好想同我有交流，所以將佢所有嘅精神同時間擺喺我身上。但用力過度其實只會物極必反，當你想追一個人，想對一個人好，你要諗嘅係對方想你用咩方法去對佢好。如果只係一味用自己認為啱嘅方法去對待一段關係，你永遠都唔會同對方 Connect 到。就算你哋輪喺同一部較度，對方都未必會想聽你講嘢同接受你嗰一套，最後嘅結果只會係愈行愈遠。

唔好令自己成為大家都討厭同你搭同一部較嘅人。

15

當年我喺網上見到「港女狂摑跪地男友事件」，我心諗條女係唔係癲㗎，除非條仔劏咗你老母啦，如果唔係我諗唔到有咩原因係要條仔跪低認錯。但係後嚟嘅兩次經歷令我開始發覺，可能「跪低」呢樣嘢本身，就係港男本能會做嘅嘢。

我嗰陣中學讀女校，無無聊聊喺 IG 識咗個男人，睇樣就麻麻地啦，但係咁啱又撞正我生日，我心諗識個朋友啫，就出街同佢見面食咗餐飯。食飯嗰陣佢送咗隻公仔畀我，話晒都係心意，我就接受咗呢份禮物。之後我哋間中都有傾吓偈，但啲對話不外乎都係啲「你返學未啊？」、「你放學未啊？」嘅普通嘢。

我都幾確定當時嘅我冇做任何舉動令佢覺得我對佢有意思，但係佢就似乎以為我受溝。有一日放學，我行到學校門口嘅時候，發現佢棟咗喺度，仲要因為我學校門口好細，我想避都避唔切。

咁我當下就梗係驚到不得了啦。喂……出街食過一次飯啫……你聲都唔聲忽然棟喺門口埋伏我？但係，我係一個有禮貌嘅人，所以我尷尷尬尬咁問佢：「Diu 啊？點解你喺度嘅？」

我估唔到條友立刻雙膝跪地！喂！啲黃金去晒邊啊？

佢好誠懇咁望住我，同我講：「XXX，上次食飯其實我已經鍾意咗你，你可唔可以做我女朋友？」

我九秒九拒絕佢：「唔可以！」

之後我就望都冇望佢急急腳咁走。我行咗幾步，回頭一望，發現條友竟然都急急腳咁追咗上嚟。我愈走愈快，最後跑起上嚟，但係條友竟然都開始追住我跑！黐線㗎⋯⋯

好彩嘅係，當時有幾個同學見到我俾人追，攔住咗個男仔，我先順利擺脫咗佢。

後嚟我開始拍拖，拍咗大約一年左右啦，因為某啲事我同當時嘅男朋友冷戰。我講咗分手，但係佢就窮追不捨，不停 Message 我想復合，我就梗係 Block 晒佢所有嘢啦。

之後有一日，我放學行到學校門口嘅時候，我發現佢棟咗喺門口。我心諗：「唔係又嚟啊嘛⋯⋯」

佢見到我出嚟，立即衝上嚟同我講：「XXX，對唔住啊，原諒我，

同我一齊返啦好唔好？」

我九秒九拒絕佢：「你唔好咁啦，唔得啊，我哋唔可以一齊返。」

結果佢又即刻雙膝跪地，仲眼濕濕咁同我講：「對唔住啊……」

講真，真係好尷尬。我不停想扶佢起身：「大庭廣眾，唔好咁啦，起身先啦。」

佢冇理我，同時愈嚟愈多人圍埋嚟食花生。我怕尷尬，所以冇理佢走咗先。行咗兩步，我忽然有種唔好嘅預感，我擰轉頭一望……

頂……真係追咗上嚟！佢仲要一邊追一邊喊……真係好樣衰……

最後都係靠同學攔住佢，佢先冇繼續追。

唔好覺得「跪低」呢件事好有力量可以改變情況，甚至我覺得求婚其實都未必須要下跪。求婚嗰時嘅單膝跪地係表達一種誠意，而表達誠意嘅方法有千千萬萬種，一個有力嘅擁抱其實都好足夠。如果要跪低先可以求婚，咁嗰啲天生冇腳嘅人咪唔使結婚？

講心嗰句，你唔醜我都醜啦，真係唔好喺眾目睽睽之下解決兩個人嘅事。無論男又好，女又好，「跪低」呢樣嘢，其實真係好冇尊嚴，呢種行為只係一種情感勒索，想對方應承你，但係要你跪低先得到嘅嘢，不如唔好要。當你冇咗你嘅尊嚴，對方甚至唔尊重你嘅時候，佢又有乜可能會鍾意你？

奉勸所有香港人，不要再跪了。

น้ำ我不想努力了

2020 年 11 月，俗稱「跳舞群組」嘅感染群組出現，成為香港第三輪疫情嘅爆發點。有人事後深究「跳舞群組」嘅成因，發現咗一班躲藏喺姨姨背後、年輕力壯嘅男青年。佢哋積極向上，向資本主義低頭，本住一股「阿姨我不想努力了」嘅精神喺一班姨姨身邊載歌載舞。

我本身就係香港同泰國嘅混血兒，為咗避開呢輪因為「阿姨」而起嘅疫情，今年 3 月嘅時候我就飛咗返泰國避難。但係我點估都估唔到，我竟然會被捲入「阿姨我不想努力了」（泰國版）嘅事件。

當時我啱啱同前度分手，而佢喺清邁一間夜場裡面做類似牛郎嘅工作，因為佢唔單止呃我感情，仲浪費我青春，所以我就打算隔離完之後去佢間夜場度，叫第二條仔嚟陪自己去激 9 佢。我喺個夜場嘅 IG 裡面發現有個男仔都幾 Charm 吓，於是我就問人拎咗個男仔嘅 Facebook，心諗 J 吓算喇，畢竟前度都係做夜場嘅所以都知咩料。

但就喺嗰一晚，佢即刻 Text 我，出於禮貌我都同佢傾咗幾句，傾咗一陣佢就已經講（以下將泰文翻譯返做中文）：「明明我係第一次同你傾偈，但係好似同你識咗好耐，喜歡同你傾偈。」

我心諗，追女仔啲台詞可唔可以唔好咁老套啊⋯⋯

嗰日佢收工仲一路揸車一路拍片話我知，佢而家揸車返屋企喇。我本身以為佢係嗰啲三分鐘熱度傾一日就消失嘅狗公，但係第二日我未瞓醒，電話就開始響，我一望，竟然係佢？！

「喂？」

「你仲未瞓醒啊？」

「係……係啊……」

「冇啊，我準備去剪頭髮跟住返工啊……」

我哋傾咗十分鐘呢啲冇營養嘅內容之後，佢先捨得收線，但講真係幾冧嘅。之後佢就 Keep 住返工嘅時候同我 Message，得閒又會拍片畀我睇佢做緊咩，一直維持咗幾日。有一日我講漏口，講咗我打算去清邁玩幾日，佢馬上就好興奮咁講：「太好喇！我請假，你嚟到我帶你去玩！」

「咁會唔會唔係咁好啊？」

「你係我嘅 Special Guest！我休息有咩所謂！」

「好啦，咁多謝你先～」

講真佢都真係幾靚仔，對我又好似幾好。當下我係有啲開心嘅，但係佢突然同我講：「我同你日日都傾偈，萬一我鍾意咗你咁點算啊？我而家都已經有少少鍾意咗你……」

我即刻覺得呢條友應該有啲問題，心諗咪玩啦，我識咗你唔夠五日，連你全名都唔知你同我講啲咁嘅嘢？

本身我對佢係冇乜戒心，後尾傾落愈嚟愈唔對路。佢做夜場，但佢揸嘅車係 B 字頭嘅名車，一個月用成十幾二十萬泰銖（佢 Send 過銀行紀錄畀我睇）。仲有，有一日我照舊同 Friend 開心 Share 佢嘅 J 圖，我個 Friend 就問：「咦，佢個隻錶係咪勞力士黑圈？」

我話：「唔知喎，我問吓囉。」

「點解佢做夜場可以做到咁有錢……求致富之道……」

所以嗰日開始我就對佢有戒心，但係冇抗拒同佢繼續傾偈嘅。

去到四月，緬甸示威開始激烈。有一日佢突然同我講：「我有可能要隨時返緬甸。」（佢同我提過，佢鄉下其實係緬甸。）

第二日佢就話佢要即刻返去，講真傾咗咁多日，一啲好感都冇就假嘅。佢話一路由清邁返緬甸都會 Video Call 我，我都知佢可能有命去冇命返。當佢去到泰緬交界嗰陣佢就同我講：「我愛你啊 Baby，我要走喇，你要好好照顧自己。我唔知幾時返嚟，亦都畀唔到啲咩承諾你，你要照顧好自己等我返嚟，我愛你。」

個吓我真係俾佢感動到，我仲好擔心佢，瞓都瞓得唔安落。

但係！過咗一晚，第二朝佢就打嚟同我講：「我而家可以返清邁喇，冇乜特別事發生。」

係唔係玩嘢㗎佢……於是我懷住強烈嘅不安感，問當初幫我拎佢 Facebook 嘅朋友，佢究竟係咩料。

「喂，佢唔係返緬甸咩？」

「咩啊？佢尋晚先喺 Facebook Post 同女朋友食飯嘅相喎。」

「女朋友？？」

呢個時候我先知道原來佢一直都有兩個 Facebook Account，當我搵到佢另一個 Account，發現 Icon 入面嘅佢攬住一個五十歲左右嘅姨姨，我先知道原來一切都係「阿姨我不想努力了」！根據佢 Facebook 裡面嘅內容，佢最近應該同姨姨鬧咗交，而佢一直揸嘅名車係姨姨借畀佢嘅。可能佢覺得姨姨有可能同佢分手，又見我喺香港返泰國，有幾個手袋，就定義咗我係一個「潛在姨姨」。我當下係即刻想 Diu 佢老母嘅，但係我忍住咗我嘅怒火，開始咗撚狗模式。

咁佢就話好掛住我，又 Video Call 我。我諗住撚吓佢所以照聽佢電話，一接通發現佢同一班人飲緊酒，講講吓，佢忽然間話：「其實我同佢哋係一支足球隊，不如你資助我哋整一套新嘅波衫啊，我哋可以印你個名上件波衫度㗎！」

我明白佢係喺度測試緊我有冇成為「姨姨」嘅潛力，於是我開始耍佢：「要我畀錢贊助你哋件波衫嘅話，我不如買枝名牌唇膏等自己開心吓。」

佢諗咗一諗，似乎估唔到我會唔應承。

「但係你贊助我哋整新嘅波衫，我哋十一個人都可以開心喎。」

「你哋十一個開心關我咩事？又唔係我開心。」

之後我哋就喺買波衫先定買唇膏先之間不斷糾纏。最後佢似乎嬲嬲地就收咗線，亦都喺嗰一日開始，佢忽然間好似人間蒸發咁，唔再覆任何 Message。

我睇佢另一個 Facebook，就知道佢同姨姨箍煲成功，姨姨帶咗佢去買新車。之後佢同姨姨似乎又鬧過幾次交，每次佢哋鬧交佢就會覆返我，但係我已經唔想再理佢，同埋都唔夠膽理，萬一佢個姨姨知道咗我嘅存在，搵人劈我咪大鑊！

次次佢搵完我，過幾日之後都係死死地氣返去姨姨身邊。望住佢一個二十歲頭嘅後生靚仔，攬住一個五十歲嘅姨姨，我不禁喺到諗究竟佢追我嗰陣係咪只係想我包養佢。我覺得喺佢不停同我傾偈，同我 Video Call 嘅咁多分咁多秒裡面，唔會連少少真感情都冇，畢竟我都相信其實佢係想開始一段正常嘅戀愛，搵返一個年紀同佢差唔多嘅女仔，窮又好，富又好，兩個人一齊行落去。

而我都因為佢嗰少少真嘅感情，對佢產生咗好感，因為講真，佢話要返緬甸嗰一晚，我真係好擔心好擔心；佢人間蒸發嗰一日，我都真係好唔開心。我冇嫌棄佢嘅出身，都真係有諗過，到時去到清邁嘅話，去認真了解佢，睇吓有冇機會發展。

但可惜，佢最後都係擺脫唔到「姨姨」嘅詛咒，佢用「姨姨」嘅角度去考量我，當發現我唔會包養佢之後，佢選擇咗返去過嗰種俾人圈養嘅生活。可能佢對「姨姨」係真心真意啦，我唔知。我只係知，當佢選擇咗軟弱，當佢選擇去行一條好似比較輕鬆嘅路嗰陣，佢同時將一段可能適合佢嘅姻緣拒之門外。

致所有不想再努力嘅人，無論工作又好，愛情又好，努力的確唔代表會有改變，而努力嘅過程可能好辛苦；但係唔努力嘅話，就一定改變唔到。至少努力過後，我哋有一絲希望，可以獲得朝思暮想嘅未來。

2010 年，我仲記得我第一次揪開嗰一部有關於青春同夢想嘅動漫《LoveLive!》嘅時候，嗰一個橙紅色短頭髮，講嘢尾音帶有「喵」嘅運動系少女——星空凜，佢嘅開朗，佢嘅活潑，佢對生活積極嘅態度深深咁感染咗我。

當時嘅我因為成績差，考唔到大學，被迫休學一年，經常自暴自棄，成個人嘅狀態就係好迷茫，好唔開心。雖然我知我咁樣真係好毒，但係望住星空凜喺熒幕為夢想而揮灑汗水嘅樣，我真係受到好大鼓舞。本身就鍾意單車嘅我，忽然諗到一樣嘢：不如趁我而家有時間，返吓工搵啲錢，整架星空凜「痛單車」[1]，順便搵吓自己真正嘅人生目標。

當整好咗星空凜嘅「子彈車」之後，我即刻就去參加一啲動漫嘅 Event。我開始聽到啲人讚架車整得幾靚，啲 Cos 界朋友對我嘅印象係「單車少年」，我真係好開心。我開始有返自信，我都開始體會到原來搵到啱傾嘅朋友係一件咁開心嘅事。我真真正正咁愛上動漫。

本住對動漫同單車嘅呢份熱愛，當我考到大學之後，都係揀讀相關嘅科目，希望有一日可以自己設計同製造新嘅痛單車。我本身以為呢樣嘢只係幫我搵到人生目標，我冇諗到呢個咁毒嘅興趣，竟然有一日可以幫我搵埋女朋友。

註解 [1]：指以彩繪或貼紙黏貼等方式將 ACG 人物圖案裝飾到車身上嘅單車，
　　　　　發源於日本，係 ACG 文化嘅一環。

嗰期除咗《LoveLive!》之外,仲有《飆速宅男》吸引咗好多 Cos 界朋友開始玩單車,連帶我嘅「動漫痛車群」,喺嗰一期都有好多車聚,經常喺單車徑出沒。咁啱有一次出車俾佢(未來女朋友)見到,咁啱佢又影低咗咗相,咁啱佢又係鍾意星空凜!所以當佢見到我喺《LoveLive!》Facebook Group 貼咗自己部車張相,佢就喺 Comment 度「Hi」咗我。

對於一個女仔朋友五隻手指數得晒嘅人,即係我而言,當下係興奮到不得了。簡直就好似星空凜佢知道自己著婚紗同裙可以好好睇之後,就開始會著返裙仔去練習嗰陣一樣咁開心。我哋就咁相認咗,喺Facebook 加咗對方做好友。但係細膽又懶係要型嘅我,邊會夠膽主動 Message 佢啊……

但係我好記得嗰一年嘅動漫節,我喺 Facebook 度 Post 咗一張打卡相,因為我留意到佢都 Post 咗一張喺會展 Cosplay 嘅相。十五十六諗緊要唔要扮偶遇嘅時候,我忽然間收到一條 Message:「你而家喺邊? 我喺 3E,求合照。」

多謝你啊!動漫!多謝你啊!動漫節!多謝你啊!灣仔會展!多謝你啊! Facebook !

「我見到，我而家嚟。」我九秒九即刻回應佢。

但係見面之後簡單講幾句，影咗張相之後，就沒有然後了。

過咗幾日我就飛咗去外國讀書，繼續追尋我嘅目標。當然呢條路一啲都唔易行，我愈讀呢科，愈覺得同自己理念唔同，最後一年真係好消沉。有一年暑假同個朋友去東京散心，咁啱佢又喺東京，但嗰陣我準備飛返香港，佢就啱啱到東京市。「只差一點點即可以再會面」就係呢種，跟住我哋都冇再聯絡。

四年之後我返到香港，穩定咗落嚟。依舊係個毒 L，會空虛寂寞凍嘅我，有一日打開個交友 App，諗住睇吓香港有冇人會用，點知一打開就見到佢 Profile！起初我都諗咗兩諗，到底問唔問佢好呢？雖然之前嘅經歷令我好怕生，但係我思前想後，我都係喺 Facebook Message 咗佢：「Yoooo～夏子恕我唐突，乜你有用 Tinder 㗎 zz？」

— Send 完我就緊張到想馬上熄 Mon 等回覆，但係未等我熄 Mon，一條佢嘅 Message 就彈咗出嚟。

「啱啱 Download 咗😂 未開嚟睇喎😂」

唔知點解，我內心忽然有一種愉悅，唔係欣喜若狂嘅嗰種歡樂，而係好似望住屋企隻貓懶懶閒咁瞓覺嘅嗰一種淡淡然嘅喜悅。

我覆佢：「我好耐冇上去睇，啱啱揿入去就見到你。」

「咁搞笑。」

係囉，有時候就係咁搞笑，我哋傾傾吓，發覺幾啱傾。出出吓街，發覺互相都有好感。我向佢表咗白，好自然咁就一齊咗。

一個偶然嘅失敗、一部俾好多人叫「飛仔車」嘅子彈仔、一套當年風靡全球嘅動畫，將兩個本來相隔一萬公里、完全唔相干嘅人連繫起嚟，亦多次令我喺黑暗中見到曙光，認識到我女朋友。呢套動畫的的確確改寫咗我嘅命運。一齊之後我幫佢整多咗一部痛車，而家生活最幸福嘅就係可以同佢一起踩住痛車去放閃。

啲人成日話「你咁毒，小心溝唔到女。」我想同返嗰啲人講，當你真正熱愛一樣嘢，當你真正咁去接受你熱愛嘅嗰一樣嘢，坦坦蕩蕩，就算全世界都笑你，你都可以處之泰然嘅話，同你志同道合嘅朋友、伴侶自然就會趕到你嘅身邊。

真正可怕嘅唔係「毒」，而係因為自己「毒」而睇唔起自己。毒L都可以溝到女，毒L都可以好快樂，只要你係一個真正為自己毒而感到自豪嘅毒L。你嘅快樂，就可以變得好簡單。

我同我女朋友而家搞緊一間單車鋪，而我都希望他朝結婚嘅時候，呢架星空凜痛車可以同我一齊迎娶佢。

專家Dickson

莽撞性行為

話說《圍爐取戀》個 On9 導演（並非鬧佢，只係佢個藝名真係叫 On9）喺本書就印前幾日先叫我寫呢篇文，而眾所周知，我正喺香港演藝學院做緊《大 MK 日》，返到屋企又要睇歐洲國家盃，已經忙得不可 X 交。本來我想請佢食檸檬，叫佢自己入廁所搞掂佢（即係自己入廁所寫好佢），但見佢平時冇乜點，同事們又成日擺佢喺公司瞓覺啲片上 IG Story，唯有勉為其難亂寫一通。

點知條友得寸進尺，就咁拋「莽撞」兩隻字出嚟，就叫我自己將「莽撞」同「愛情」連上關係……呢個行為咪就係「莽撞」囉，只不過同愛情無關咁解。

愛情路上，我從來都冇莽撞嘅經歷同行為，對方同樣冇對我有莽撞性行為。我每一個決定同舉動，都係經過冷靜分析而得出嚟嘅結論。而我個人認為，對方唔揀我就真係非理性嘅選擇喇，但佢哋都唔係莽撞，只係盲咗，所以企喺度唔郁啫。我相信只要有人畀枝盲公竹佢哋，佢哋就會行埋嚟。

有時我都會細心思索，究竟愛情係咪需要莽撞？係咪直頭要自己行前一步，捉住班「愛情盲人」隻手，摸自己個心？後來，我得出答案了。呢種莽撞，只會換嚟厭惡、嫌棄，令到別人當你係怪物咁，到處躲避，下場就好似小弟第一隻派台歌《公開道歉》嘅歌詞一樣，最後搞到人哋，要講對唔住。

以上係我對拍拖前莽撞性行為嘅見解，咩話？拍拖後嘅莽撞？我 Diu 你啦，L 知咩？自己睇 Case 啦。

Chapter.2

獻給你的舊情書

我嘅記憶深處有一封泛黃嘅信，
打開發現係一封情書，
裡面密密麻麻寫滿我對當年嗰一個朝思暮想嘅人嘅感覺；
寫滿自己曾經有幾愛佢；
寫滿自己為佢所做嘅大小蠢事；
寫滿失去佢之後嘅哀傷。

錯過嗰個人嘅遺憾永遠都填唔返，
因為填唔滿，所以想填滿；
已經填唔滿，所以放唔低。

但喺舊情書嘅最尾，有一行新嘅筆跡：
「雖然用咗好長好長嘅時間，
但我要放低你，繼續前進喇。」
「記得」同「思憶」係有決定性嘅唔同，

以下係獻給你的舊情書。

一枝煙
一光年

趕住返公司嘅我選擇搭的士，上到車忽然醒起自己冇買煙，就諗住同司機揩定一枝煙先。

「哥仔你冇買煙啊？食少啲啦，我老婆都成日叫我戒。」

「會㗎喇，會㗎喇。」

司機拎住一包紅白色嘅萬寶路遞畀我，我即刻耍手撐頭：「唔好意思啊，濃煙我唔係太得。」

司機透過倒後鏡望一望我，笑一笑。

「對唔住啊，我係鍾意食萬寶路，太濃唔啱你食。」

知道揩唔到煙之後，我開始敷衍司機。

「係啊，係啊。」

但係司機從倒後鏡望望我，似乎覺得搵到個好適合傾悶偈嘅對象，無視我擺明敷衍佢嘅語氣，繼續喋喋不休咁講。

「係呢！你知唔知呢？巴基斯坦嘅萬寶路係有一陣淡淡嘅丁香味，我嗰陣一開頭仲以為係因為包煙工廠嗰啲人身上有丁香味，後嚟我個翻譯話我聽我先醒起啲煙係用機做嘅，你話笑死唔笑死。」

「係咩？師傅你去過巴基斯坦旅行啊？」我冇留心聽司機講咩，敷衍咁回答。

「唔係旅行，我當年喺巴基斯坦住咗幾年㗎！」

之後司機滔滔不絕咁同我講起當年佢喺巴基斯坦搞生意嘅經歷，我本身以為佢講嘅係關於佢搞生意嘅故事，慢慢聽我先發覺，呢個故事係關於一個女人。

「嗰陣我後生，去巴基斯坦諗住搞生意，仲懶係嘢咁樣請咗個差唔多年紀嘅翻譯幫我哋做嘢。講起嗰個翻譯嘅女仔就好笑，佢自從嗰日開始就不停笑我，話我唔知啲煙係用機器做嘅，第二日仲拎咗枝自己捲嘅煙畀我食，話：『嗱，呢一枝煙呢，就真係捲嗰個人手上有丁香味喇。』

而家諗返起，我哋都真係好好彩㗎，人生路不熟，錢又唔係多，但係請到個又後生又靚嘅女仔做翻譯。佢真係好靚㗎，唔輸蝕畀嗰陣啲明星，

廿幾歲女，眼大大。第一日見佢嗰陣我仲心諗：『嘩……家陣巴基斯坦做翻譯啲女咁索㗎咩？』

係後嚟見到其他行家嘅翻譯全部都係阿嬸，我先知道係我哋執到寶。加上佢又勤力，做嘢又認真，對我又好喇喎，嗰日開始啊，佢一得閒就會捲煙畀我食。我自己一個去又識唔到咩朋友，佢就成日陪我；知我冇乜錢，成日帶飯畀我食，佢真係好好，好好㗎。係就係佢個衰鬼老豆唔好囉，有一日佢眼紅紅咁返工，走過嚟同我講：『我聽日開始唔做喇。』

我梗係問佢點解啦！佢就咿咿哦哦唔肯應，愈問就好似愈委屈咁，最後就喊住咁講：『我爸爸安排咗我結婚。』

一睇佢喊嗰個樣就知佢唔想嫁啦，但係我又口賤問佢要嫁畀邊個。

『我唔知，好似係一個叔叔，好有錢。』

聽到最後一句，我就即刻冇聲出，人哋嘅家事我都唔方便插手。佢跪喺度喊咗好耐好耐，嗰日佢臨走前，都喺門口望咗我好耐好耐。嗰一日係佢唯一一日冇捲煙畀我食。

之後第二日，佢就冇返工，本身諗住呢世都應該見佢唔到㗎喇，唯有喺內心祈求個阿叔識憐香惜玉，對佢好啦。但係我估唔到嘅就係有一日夜晚，我瞓瞓吓覺，忽然間有人拍門。我一開門，竟然係佢喎。

我咪呆咗囉，佢隔籬擺咗個大袋，而佢就望住我。我當下又唔識反應，就望住佢粒聲都唔出。佢見我開咗門一句說話都唔講，佢又唔出聲，只係喺度喘氣。

佢就咁企咗喺門口郁都唔郁，我又企咗好耐郁都唔郁。企咗好耐好耐，佢嗰對好靚嘅眼，望住我慢慢、慢慢冇晒光，慢慢、慢慢嗰對又大又靚嘅眼開始變紅，開始流眼淚。最後佢深呼吸咗一口氣，抹一抹眼淚，遞咗一個曲奇餅嘅鐵罐畀我。之後就拎起佢個袋，一步一步咁落返樓。

佢走咗之後，我打開個鐵罐，裡面全部都係佢捲好擺得好整齊嘅煙。我諗佢嘅意思可能就係：『你條仆街唔帶我走，你就食煙食到肺癌死啦！』」

「咁之後點啊？」原本只係敷衍司機嘅我，聽聽吓變得好緊張故事之後嘅發展。

「可以點啊？我嗰陣拎晒啲積蓄過去，諗住搞生意又搞唔成，我養自己都難，唔通拖累佢咩。佢又靚對我又好，唔通我對佢少少鍾意都冇咩？」

「咁佢最後嫁咗畀個阿叔？」

「嫁咗，後嚟我經人問到佢嫁過去之後點，先知原來佢仲生埋仔添。」

「就係咁？咁就完咗？」我好唔甘心咁問。

「冇辦法啦哥仔，人生有時候就係咁，我當年想搞生意賺錢，結果就返咗嚟香港揸的士。佢想跟自己鍾意嘅人走，結果嫁咗畀個阿叔。你想食枝煙，結果就聽咗個的士司機講廢話講咗成程車。好多時候，你想要嘅嘢，未必就係你可以得到嘅嘢。但係冇辦法，唯有努力，咁樣你下次得到嘅嘢，先有可能係你想要嘅嘢。如果我當年留咗喺巴基斯坦，我可能就遇唔到我老婆呢。」

最後，我畀咗九十八蚊去搭呢程的士。明明我並唔係故事中嘅主角，但係我內心就因為呢個故事有種不暢快嘅感覺。司機全程都係笑住講呢個故事，就好似嗰個只不過係佢人生嘅一個篇章，而唔係跨唔過嘅遺憾。

我不禁諗多年後，我係唔係都會成為一個咁樣嘅大人，可以笑住，淡然咁講出自己同嗰個永遠停留喺記憶中嘅女人嘅故事。

每個爛仔心裡面都有一位女神

呢個係有關我初戀嘅故事，都係一個俾我講到口都臭埋嘅故事。但首先，呢個故事並唔浪漫，更加冇開心快樂嘅結局。

話說當年我中四，因為同屋企人嘅關係惡劣到一個極點，所以我晚晚都會躝街唔肯返屋企。當時夜晚喺籃球場識咗一個叫喪坤嘅人，喪坤對於當年嘅我嚟講係一個好型嘅男人，嗰個年代有邊個男仔冇幻想過自己學壞？咁我又搵到窿路，就叫做學壞咗。

問題就係我之前做咗十九幾年嘅乖學生，邊有得一下話壞就壞，所以嗰陣嘅身份就好尷尬。正常壞學生喺學校裡面應該講晒粗口，撩啲後生嘅女 Miss 傾偈，最緊要就係讀書一定要好差。但係我就好似蝙蝠俠咁，雖然我讀書都真係好差，但我喺學校好守規矩，未 L 記過一個小過，操行 A-！出咗學校，我一定會換咗套校服先擔住枝煙仔。所以當時喪坤晚晚都用唔少時間改造我，食煙飲酒講粗口係基本。可以粗魯就唔准斯文。半夜飲醉之後，喺條街度大聲問候全街人老母係必修課，選修課就係要去撩是鬥非，打交嘅話要第一個上（當年好彩跑得快，先冇俾人拉過）。

當時我冇考慮過自己嘅未來，只係渾渾噩噩。讀大學？正正經經去返工？我統統冇諗過，諗住畢業之後繼續跟喪坤，正式入字頭好似都幾開心。

喺呢個故事裡面仲有另外三個好重要嘅人。其中一個叫阿狗，另一個叫龜航，佢哋兩個同我最 Friend，又係同我一齊跟住喪坤學壞嘅人，而且都真係好討厭返學，成日俾人捉去罰企。

而最後嗰位，佢個名叫 60，係我嗰級算係數一數二靚嘅女仔。中長頭髮，對眼水汪汪，笑起上嚟成塊面都會紅卜卜。當然我並唔係一個咁膚淺嘅人，點解會開始鍾意佢，係因為有一次放學，見到佢喺路邊自己一個撩啲貓玩，佢眼都唔眨咁望住啲貓，我就眼都唔眨咁望住佢。

但係問題嚟喇，當年我嗰級一共有四班，其中一班擺到明係精英班，之後兩班就係求其砌，最後嗰班就係地底泥班，我當時就屬於地底泥中嘅老泥，而佢就係精英班中嘅尖子。

點埋佢身呢？好彩，我同佢嘅選修科都一樣，而我間低能中學嘅阿 Sir 驚我哋班老泥會抄啲尖子嘅答案，所以上堂時候嘅座位，係根據上一次大考嘅成績排名嚟安排嘅。因為 60 長年穩居第一名，所以我九秒九就諗到，只要我考得好啲，Exam 嗰陣咪可以同佢坐近啲囉！！

然後問題又嚟喇，我讀書好 L 廢。但係唔緊要，我有兩個好兄弟！我開始逼阿狗同阿龜讀書，兩個人分別專攻一科，之後教返我，就算最後

我讀唔掂，佢哋都可以幫我出貓吖嘛，不過當然我自己都係好努力咁去讀嘅。所以當時夜晚跟住喪坤出去躝街嘅時候，一得閒我哋三個就捧住本書喺度背，得閒就抽問吓各朝代科舉制度嘅弊端，有時就背吓山泥傾瀉嘅成因。喪坤食住枝煙望住我哋，眼神中盡是想 Diu 人但係又 Diu 唔出嘅無奈，唯有就係望住我哋三個傻仔跍喺路邊溫書。

講起喪坤，其實佢對我哋都算係咁，佢見我哋三個咁認真，有一晚忽然好嚴肅咁同我講：「喂，不如你哋之後唔好再躝街，乖乖地讀返好啲書。可以行返正路嘅話，以後有衰嘢，你哋都唔好再做喇。」

我其實都好掛住佢，因為去到今日我已經冇再同喪坤聯絡，雖然係佢條仆街帶壞我，但係佢從來都唔似嗰啲虛假嘅大人，佢對住我一直都好真心。

我嘅計劃好成功，我愈考愈好，慢慢屌打精英班班傻仔。終於喺中五最後幾次 Exam 嗰陣，我真係坐正喺 60 後面。雖然好變態，但係我真係不停索佢頭髮裇味。佢傳試卷畀我嗰陣，笑咗一笑。我唔 9 理佢係笑我柒定笑我傻，反正佢就係笑得好好睇！！！

但係好笑嘅就係，我其實從來都冇主動咁同 60 講過一句說話，我

只係夠膽望住佢，喺心裡面好鍾意好鍾意佢。

好快中五就完咗，叫做畢咗業。我打聽到 60 要去英國，於是我盤算咗好耐點去同佢講嘢。直到 Last Day，我件校服俾所有朋友畫到花晒，我留咗心口嘅一個位，諗住鼓起勇氣去抄 60 牌。但係我望住佢同朋友影相，望住佢對住老師喊，望住佢行出校門，望住佢上屋企人架車，望住架車慢慢拐過路口，望住佢永遠咁離開我嘅生活，我始終都係冇同佢講過一句說話。

可能喺我當年嘅心目中，我始終都係嗰一個屋企人唔鍾意自己，半夜躝街一無是處嘅爛仔。

60 將我由黑暗拉返去光明，教識我咩係要為重要嘅人而努力、戰鬥，但係我冇親口同佢講過多謝。如果真係講嘅話，佢應該會覺得我係黐線佬咁。

我喺心裡面默默對住佢講咗句：「希望你前程似錦，我鍾意你，多謝你。」

就係咁，我嘅暗戀同初戀，轉個彎就唔見咗。阿狗同阿龜最後冇再繼續讀書，畢竟佢哋都係唔鍾意讀書嘅人。咁我呢？最後嘅我竟然順利

咁考到上去，但係講真嗰句，其實我都唔係咁鍾意讀書，但係讀書嘅自己好似係行返正路。所以有時我都會諗，咁其實我會唔會都唔係咁鍾意 60 呢？我只係鍾意嗰一個因為鍾意 60 而好上進嘅自己。

只係內心對佢嘅個份遺憾，令我對佢嘅感情不斷發酵，所以佢變成我心中嘅女神。每個爛仔心中都有一位女神，而我女神留畀我嘅，係青春裡重重嘅一筆遺憾。

我會記住佢，我會不時夢返嗰個明媚嘅下晝，阿狗喺度，阿龜都喺度，阿 Sir 好嘈咁講緊書。60 都喺度，佢會笑，依舊係我心裡面嗰個明眸皓齒嘅女孩。

屬於我們的十六年童話

2005 年，香港迪士尼正式開幕。由嗰日開始好多童話夢開始萌芽，每個女仔心中都有屬於自己嘅童話。有啲係會搵到一個王子，當自己係天下間最高貴嘅公主咁，保護自己一生一世；有啲係自己可以無憂無慮，幸福快樂咁睇住自己嘅小朋友長大。

每位女孩都為自己嘅童話寫好序章，等待王子嘅到來。而嗰一年，亦都係屬於我嘅童話嘅開始。

嗰陣我中四，屋企樓下開咗間新嘅糖水鋪。我成日會同屋企人落去食糖水，而佢就係喺糖水鋪度做 Part-time 嘅。去咗幾次之後，我同糖水鋪老闆開始熟，同佢都開始傾多咗偈。之後有一日我打完比賽，因為贏咗波好興奮，我就自己一個走咗去食糖水。當時佢自己一個喺鋪頭，我畀錢嗰陣，我叫佢：「喂～」

佢見我咁興奮，似乎覺得好好笑：「你啱啱打完波啊？」

我好得戚咁應佢：「係啊～贏埋添～」

「咁叻啊，糖水計你平啲啦。」

我吞一吞口水，唔知點解好大膽咁問佢：「多謝～係呢⋯⋯你⋯⋯不如我哋交換 ICQ 啊？」

佢呆咗一呆，似乎冇估到我會主動開口，不過佢即刻就畀咗佢 ICQ 嘅 Number 我。嗰一晚，我哋就開始喺 ICQ 度傾偈，之後仲交換埋電話。我同佢 MSN 嘅時候係日頭，用 ICQ 嘅時候係夜晚。

講真一開頭真係貪玩，但係發覺呢個男仔好似同自己好啱傾，同佢之間嘅話題永遠傾唔完。唯一唔開心嘅就係，交換 ICQ 嗰一日，我喺佢嘅個人檔案裡面見到，原來佢有女朋友⋯⋯所以我都冇諗太多，只係覺得每日有個人同自己傾偈，風雨不改，都變咗我嘅小確幸。

直到有一日，傾傾吓佢講：「⋯⋯冇啊，我都冇拍拖好耐⋯⋯」

我當堂成個人精神晒：「但你 Profile 話你有女朋友㗎喎。」

「係喎，分咗手之後唔記得改返添，我哋散咗好耐喇。」

好彩佢唔係面對面同我講，因為當時嘅我，開心到喺牀度好似發羊吊咁。咁啱嗰陣佢就嚟生日，所以我就決定去整生日蛋糕畀佢。但係我

由細到大都冇入過廚房（因為阿媽擔心我會燒咗佢個廚房），所以我最後焗咗一嚿炭出嚟。我唔好意思送畀佢，雖然本身已經約好夜晚落樓下同佢慶祝，但最後我驚 7，所以作咗個藉口話阿媽唔准我出門口，冇同佢慶祝。

而家諗返起嗰一晚，應該係我第一次錯過佢，明明整好咗個蛋糕但係又唔拎畀人，其實都幾蠢。明明無論我整成點樣都好，佢都一定會開心。但好彩嘅係，我哋之後都係繼續每日傾偈。

愈傾愈耐，我對佢嘅感覺就更加明確。幾個月之後，我心郁郁咁喺 Xanga（當年用嚟寫叫春 Blog 嘅地方）打咗篇文，具體內容講咩我已經唔記得，只係記得篇文係講我個心住咗一個人，但係又唔夠膽話佢知。

第二日，我哋傾電話嗰陣，佢即刻問我：「喂～你尋晚篇嘢係認真㗎？」

「認真啊。」

「你知唔知我尋晚瞓唔著，個心好囉囉攣。」

實際上我已經喺度偷笑：「點解嘅？？？？」

「我認真問你㗎。如果你個心裡面真係住咗個人嘅話，我覺得你要話佢知囉，可能人哋都想知呢……」

當刻我本身係打算即刻彈起身大叫：「嗰個人咪就係你囉傻仔！！」

但係臨開口我就消底，萬一係我一廂情願呢？萬一佢唔係鍾意我呢？咁我之後咪連呢個日日傾偈嘅機會都冇埋？所以我就忍住咗冇講，笑笑口咁帶過，想再觀察多一陣先。

我當時冇回應佢，佢當下係唔係唔開心呢？我唔知，我只係知嗰一日之後我哋傾偈嘅頻率開始冇之前咁密，嗰一次係我第二次錯過佢。

每逢大時大節，我哋都一定會 Message 對方。佢對於我嚟講，並唔係冇咗佢我就生活唔到，但係我希望我嘅生活裡面，每一日都有佢。

2012 年，我同我第一個男朋友分手，我自己一個去咗旅行散心。當我自己一個喺台灣搭台鐵嘅時候，我忽然諗起佢，醒起過幾日就係佢生日，所以喺佢生日嗰日我 Message 佢：「生日快樂啊～」

佢都好快覆返我：「點啊，陌生人，台灣好唔好玩？」

嗰一日，我哋好似以前咁傾返好多好多嘢。我同佢講晒我發生嘅所有嘢，佢聽完之後問我：「你幾時返香港啊？過兩日到你生日，如果你喺香港嘅話，不如我哋出街食飯？」

我收到呢句 Whatsapp 嘅第一個諗法係：佢 Send 錯。因為我哋嗰陣已經認識咗八年，而呢八年我哋雖然冇中斷過聯絡，但係從來都冇正式約過出街，最多就係偶然撞到見過幾面。不過我真係好開心，所以就約咗佢喺我生日嗰一日食飯。

嗰日出街食飯，係我哋正式第一次出街，明明已經識咗八年，清楚對方嘅生活，呢八年可以傾嘅 Topic 都傾過晒，但我同佢都係冇停過把口。我哋就好似喺幼稚園啱啱認識對方嗰兩個 BB，一齊玩，一齊笑。喺呢個紛擾嘅世界，享受住屬於我哋嘅喜悅。

但嗰陣嘅佢，仍然同佢女朋友拍拖拍得好穩定。當佢送到我返屋企嗰陣，我望住佢對我開心咁揮手講再見，忽然諗起，我哋兩個咁多年都冇一齊影過一張相，但佢對我嚟講真係一個好重要嘅人。

我個心忽然之間覺得好空，嗰一句「不如我哋影張相」硬係講唔出口。當時我忽然意識到，原來咁多年，我一直內心都暗暗咁期待自己

最後會同佢喺埋一齊，但係佢其實從來都唔屬於我，今日唔係，未來都唔係。我哋只係朋友，只係好好好好嘅朋友，我哋之間已經冇可能。我嘅童話夢碎咗，我認定嘅王子，並唔係我嘅王子，原來我係孤身一人，世界忽然變得好可怕。

嗰次係我最後一次錯過佢。

之後嘅我繼續生活，但係喺一個平凡到不能再平凡嘅日子，我遇上咗一個男仔，佢向我搭話，我哋開始傾偈，愈傾愈耐，愈傾愈多。忽然有一日，佢向我表白，我答應咗。我哋兩個扶持住對方，一步一步努力咁生活，一齊笑，一齊喊，慢慢慢慢一齊步入婚姻。雖然我同佢依然會隔一段時間就聯絡，尤其係大時大節，但我清楚手機對面嘅人，只係我嘅友人罷了。

去到舊年迪士尼開幕十五周年，我同佢亦都同樣喺對方嘅生命裡面互相陪伴咗十五年。我哋從來冇正式一齊，我曾經鍾意過佢，亦相信佢都鍾意過我。我好記得，當年佢突然分享咗光良嘅《童話》畀我，然後同我講：「呢個世界上好多嘢並唔係好似我哋諗嘅咁完美，但去到最後，總有一個人會喺你背後保護你，支持你。」

佢當時其實係唔係表白呢？定係只係想同我講呢番說話呢？但佢的確就如佢當初講嘅說話一樣，始終都喺度保護住我。曾經我以為我嘅童話，係同多年前嘅初戀共諧連理，但係幾年之後嘅某一日，我瞓醒，望見我老公成隻死豬咁瞓喺隔籬，我叫醒我嘅小朋友，再望住老公抱住個仔送佢返學。我目送住佢哋離開，我先意識到，原來我嘅童話依然存在，我係徒手建造自己城堡嘅公主。

可能呢個世界上，真係冇咁多美好嘅童話故事。雖然我哋兩個並唔係一相遇，就認定可以同對方行到最後，但係我而家望住我老公，望住我個仔，望住佢開心咁生活，又有邊個可以話，呢一個唔係屬於我嘅童話故事呢？

Poor man & Business Woman

每一個成功嘅男人背後都有一個女人。

但原來呢一個女人，並唔係指而家陪伴喺我身邊嘅嗰一位。而係指喺好多年前嗰一個，等我哋決定狠心對自己，去不顧一切拼搏事業，只係求做出一番成績嘅女人。

以下嘅故事，係好多香港男人嘅故事。

喺遇見佢之前，其實我係幾滿意自己嘅工作。入行都已經五六年，做到主管嘅位，人工都唔錯。工作上係有讚冇彈，自問自己係稍微做到啲成績。當然一直都有朋友勸過我轉工，或者跳出嚟自己搞。

我朋友係話：「既然你係有能力，你就唔好滿足於現況，你肯去跳出 Comfort Zone 嘅話，你一定會好驚訝自己可以去到咁嘅位。」

當時嘅我覺得，我自問係未夠能力做到，同時有可能只係想自己繼續舒服嘅藉口，但我就係安於現況。

直到我遇上佢，本身對於愛情或婚姻並冇咩執著嘅我，竟然萌生咗想娶佢嘅諗法。我好快就表咗白，我哋正式一齊咗。

我一直覺得佢係一個本質好單純嘅女仔，但所有同佢接觸過嘅人，都提醒我，呢個女仔嘅機心好重，叫我要小心啲。

但我覺得，我哋啱啱一齊嘅嗰段時間，正正就係佢事業起飛嘅階段，佢嗰行都唔係咁易撈，佢會有小小機心都係正常嘅事。我反而係覺得，因為我同佢係同行，如果我之前再努力一啲，可能我會幫到佢更加多，嗰陣係我第一次為自己之前唔夠搏而感到懊惱。

可能因為太鍾意佢嘅緣故，所以我一直都覺得自己配唔上佢。佢又靚女（雖然我嘅樣都唔差），又上進，仲要喺呢一行開始有名氣。我係覺得自己高攀佢，亦都係因為咁我嘅不安感好強，每次佢要出去應酬，佢要出去識人，我就會好冇安全感。

我知道係自己嘅問題，但你明唔明，當你真係好鍾意一個人嘅時候，就算你知道所有正確嘅道理，但你就係控制唔到自己。就好似所有食煙嘅人，都知手上嗰一枝煙遲早會殺死自己，但係都係忍唔住一枝一枝咁繼續食。

忽然間有一日，佢嘅應酬量比之前更加多。我同佢坦承我嘅不安感，都向佢承諾自己會努力，但係希望佢可以畀返啲安全感我。佢口頭上

答應我，但佢對我嘅態度慢慢變得好冷淡。

終於有一次，佢夜晚要去一個酒局，期間基本上冇點覆過我 Message。我唔識形容，我知佢只係應酬緊啲老闆，但係嗰腦裡面諗緊嘅都係佢俾啲老闆摸身摸勢，不停抽水嘅畫面。

點解唔覆我？明知我會不安，明知覆一覆我，我就會安心好多，點解唔做？係唔係因為佢已經唔鍾意我？係唔係其實佢覺得我幫唔到佢嘅事業，佢想識返啲幫到佢嘅人？嗰一晚我好亂好亂。

我由太子行到去尖沙咀，再由尖沙咀行返去太子，不停不停行，去忍住自己唔好去騷擾佢。我打電話畀朋友，朋友勸我：「你冷靜啲先，你再係咁佢只會更加有壓力，其實你係自己實現緊自己嘅諗法。」

但我根本冷靜唔到，所以我開始瘋狂咁 Message 佢。

「你可唔可以覆吓我，你去咗邊？」

「我真係好擔心你。」

「飲得多唔多？好醉？」

「你喺邊啊？好醉嘅話，不如我嚟接你返屋企？」

「你返到嘅話，可唔可以講聲畀我聽，我真係好擔心。」

我覺得自己只係盡緊自己作為男朋友嘅責任，我唔覺得自己做錯。我亦都冇諗到，第二日佢瞓醒之後同我講嘅，唔係「對唔住」，而係：「我覺得我哋都係分開啦，你畀唔到我想要嘅嘢我。」

我當下真係好崩潰，我擁有嘅唔多，但係我有嘅我全部都已經畀晒佢。我知道我自己未夠努力，但係我都下定咗決心要去搏，就係希望可以幫到佢更多。點解？點解唔肯去體諒我？

但佢冇畀到任何機會我去解釋，Block 晒我嘅所有嘢。而係短短嘅一個月之後，佢同咗其中一個佢酒局認識嘅老闆一齊咗。

講真，有人勸我，佢一開始就唔係真心嘅，係想利用我。

我唔同意，因為我知道佢一開頭真係只係好單純咁想搵佢鍾意嘅人

錫佢。只不過慢慢，佢發覺佢自己需要嘅嘢唔同咗。

就喺我哋分手嗰一日，我辭咗職，我用自己咁多年累積落嚟嘅技術同人脈去搞生意。咁多年一直有朋友話，我就係缺少我而家呢一份「狠勁」。

但我內心清楚自己點解會咁狠，我唔服，我想威畀佢睇，我要等佢有一日求返我，我要佢知道自己錯過咗啲咩。佢唔會再搵到另外一個男人好似我咁錫佢，毫無保留咁乜都畀晒佢。

而我亦都好好運，自己嘅生意順風順水，上晒軌道。當年分手嗰陣我發誓要做到嘅嘢，錢又好，名氣又好，我都做到。

但係我唔開心。

我好唔開心，我好劫，原來條路嘅盡頭，都係咁孤單同虛無。

我係應該唔再覺得冇安全感，但係我嘅不安比起當年係更加強烈，我唔相信任何接觸我嘅女性，我嘅人生只係得返朋友同家人。

我忽然諗返起，多年前，我朋友勸我冷靜嘅時候，講嘅另外一番說話。

「安全感係自己畀自己，當你覺得自己夠好嘅時候，你就唔會怕對方離開你，就算對方離開你，都係因為佢係一個盲L咗嘅低能，唔係你嘅錯。」

可能就算到今日都好，我依然係一個自卑到覺得自己唔夠好嘅可憐蟲啦。

但係我好似已經冇辦法返轉頭，就算有一日我忽然間諗通咗，我知道有啲嘢，已經冇得變返好似以前咁。

喺香港做女人係好慘嘅一件事，但有時做男人都係好L慘嘅一件事。

On9導演

大約一年前，On9導演曾經寫過以下呢一句 MK 到爆炸嘅感悟。

「我愛你，係因為你唔愛我。說到尾，愛是遺憾，因為遺憾，因為填不滿，我哋會忍唔住將嗰份情感昇華。倘若愛只係遺憾，世界上所有人其實都係強迫症患者，每日為咗填滿嗰份遺憾而行動而生活。世界原來病了，咁我病了亦情有可原吧。」

雖然好偏激，但本質上嚟講係冇錯，人本身就係為咗填滿自己嘅「遺憾」而行動嘅生物。貧窮嘅人，會用金錢去證明自己嘅價值；缺愛嘅人，會不顧一切咁搵人愛自己。

本來以為，只要努力，呢一份空洞遲早會被填滿。但正如〈Poor man & Business woman〉裡面嗰位阿叔嘅感悟一樣，如果只係抱住填滿「遺憾」嘅目的往前邁進，路嘅盡頭只會係一片虛無。

所謂「遺憾」，係思念喺度作怪。嗰種感覺就好似心口俾自己嘅記憶轟出一個洞口。想要忘記，但大腦又會忍唔住抽出記憶。

我哋排斥記住過去嗰段感情嘅自己，但又忍唔住自怨自憐。

醒啦！

正因為已經唔會再被填滿，所以先稱之為「遺憾」。接受佢啦，無論過去嘅你係因為懦弱，因為不安，因為唔努力，定係因為錯Timing，無論咩理由都好，接受已經填不滿嘅呢個事實啦。因為「遺憾」係生活喺記憶同過去嘅生物，因為執著過去，而耽誤明天，係再蠢不過嘅事。

好好咁記住，好好咁寫低自己嘅舊情書，因為「遺憾」係我哋嘅一部分。睇埋最後一眼之後，就要搵一個更好嘅地方去封存佢。

呢個世界冇移除記憶嘅手術，亦冇移除嘅必要。一念天堂，一念地獄。所謂「遺憾」係可以等我哋喺下段感情中減少犯錯嘅明燈，但都可以係禁錮我哋一生嘅枷鎖。

Chapter.3

戀七八糟
的我們

愈用力，
愈容易失去；
愈隨性，
愈容易造成傷害；
認真戀愛嘅我哋，
有時卻會戀得亂七八糟。

回望我哋嘅愛情，
好似每一步都錯得一塌糊塗。

Fuck Boy 觀察日記

「Fuck Boy」係一種棲息喺世界各大城市嘅生物，有研究指出社交媒體愈發達嘅地區，「Fuck Boy」嘅數量就愈多。「Fuck Boy」嘅基本行為模式係「係女就上」，並且冇責任感，對生活自暴自棄，同時擁有多位交媾對象係「Fuck Boy」嘅生活習性。而喺「Fuck Boy」裡面分有兩種類別：一種係會主動漁翁撒網，周圍搵女食，呢種「Fuck Boy」多數外貌欠佳，須要用口才補救；另外一種傾向被動，多數外貌俊俏或者事業有成，啲人會主動埋身。本住「係女就上」嘅大原則，呢類「Fuck Boy」會喺埋身嘅女入面揀符合自己口味嘅進食。

而我嘅觀察對象，兼且我嘅暗戀對象係第二類「Fuck Boy」。初初認識佢嘅十幾日，我已經聽聞晒佢劣跡斑斑嘅行為。佢憑住佢都叫幾靚仔嘅外表，同埋佢把幾吖講嘢嘅死人口，吸引咗唔少狂蜂浪蝶主動成為佢嘅盤中餐。但係有時感覺嘅嘢真係好難講，我第一次見佢就完全著咗迷，開始不停留意住佢，對佢嘅鍾意都愈嚟愈強烈。

但係畢竟我都幾純情（處女），而且身邊嘅人都一直勸我千祈唔好輕舉妄動，亦都因為當時佢同其中一個追佢嘅狂蜂浪蝶一齊緊，於是我將我自己對佢嘅所有鍾意都收埋喺個心度，只係遠遠咁觀察佢。同時都係因為咁，我開始觀察到有啲唔對路。

我同佢住同一棟 Hall，雖然唔同層，但係每次我遇到佢哋成班人嘅時候，佢啲朋友都會用好奇異嘅眼光望住我。後嚟打聽到，原來係因為佢成日提起我，就算我唔喺度，佢都會不停喺班朋友面前讚我。

仲有一次，本身已經 Follow 咗我 IG 嘅佢，忽然間 Unfollow 咗我，過咗一排又再 Follow 返。就好似個小朋友咁不斷喺背後做好多小動作，希望引起人哋關注。

以前我同 Ex 一齊嘅時候，有一件藍色 Nike 嘅情侶 T-shirt。入大學之後我哋分咗手，但係因為件衫幾靚，所以我都有 Keep 住著。有一次竟然見到佢著住件一模一樣嘅 T-shirt，當時我心諗：「乜咁邪啊！」不過因為件衫都唔係咩特別款，或者世事就係咁多巧合，所以我都勸自己唔好諗咁多。

無論佢呢啲小動作係特登，定無心，都真係搞到我個心好亂。我一方面同自己講「人哋咁多女埋身，幾時輪到你？」另一方面又冇辦法抑制對佢嘅感覺。最後我決定直接約佢出嚟，四四六六咁講清楚，因為我真係好鍾意佢，但都同樣唔想做嗰啲佢玩完即棄嘅女人。

我約咗佢去酒吧，喺呢日之前，我哋方正式交流過。而我哋坐低之後，

都冇講過一句說話，就咁望住對方 Dead Air 咗一個鐘。

最後我直接就一句轟咗過去：「其實你對我係唔係認真？」

「咩話？」佢好似嚇親，冇諗到我會用咁嚴肅嘅語氣問佢。

「究竟你對我係唔係認真？」我用力忍住所有眼淚望住佢講。

佢望住我，諗咗一陣，好堅定咁望住我講：「我係認真嘅。」

聽到之後，我開始爆喊。我唔知信唔信佢好，我好驚，其實佢係唔係當緊我係嗰個女仔？我真係好鍾意佢，但係佢有女朋友㗎！佢點可能係認真㗎！唔得啊！

佢見我開始喊，佢開始慌亂，佢開始解釋。佢話佢之前啲小動作係因為自己鍾意我，但係好多朋友勸佢，唔好耽誤我；而佢都覺得我同其他女仔唔同，又覺得自己嘅過去，唔會令我相信佢係認真。所以佢都好掙扎，同時又忍唔住對我嘅鍾意。佢話由上年我住 Hall 開始，就一直留意住我。

但係我都係不停喊，不停喊，喊到隔籬枱都不停遞紙巾畀我。佢見我咁，佢都開始喊。我唔知佢係因為內疚，定係委屈。

我喊住問佢：「啱啱嗰番說話，你究竟同幾多女仔講過？」

佢聽到之後，強忍住淚水，叫咗我哋一個共同朋友嚟送我返去。臨出酒吧前，我聽到佢聲嘶力竭嘅喊聲。

之後佢消失咗，但幾日後又搵返我，叫我落 Hall 樓下。我猶豫咁行落樓，佢一見到我就話：「我已經同女朋友分咗手，我知你唔相信我，都知我唔值得相信，我知我之前做錯嘢，所以而家唔會追你。但係你信我，我會努力證明畀你睇，我會變好，我想由你做朋友開始認識你，再追你！」而我都終於知道，佢之前之所以會自暴自棄，係因為曾經俾初戀傷得好深，自此就覺得全部女人都係雞！佢哋自己中個頭埋嚟，係佢哋抵死！

當時我內心係幾感動嘅，但對於「Fuck Boy」改邪歸正呢件事我都係有保留，所以我決定默默地觀察佢。

第二日，一向視髮根如命根嘅佢，竟然去鏟咗個光頭（係真係一啲頭

髮都冇，頭頂閃令令嗰種），仲 Message 我話：「我鏟光頭係想證明我嘅決心，同埋我想鏟完之後每一根生出嚟嘅頭髮，我都會記住佢哋係為某個人而生。就算將來你唔畀我出現喺你生命入面，我仲有頭髮可以留畀自己。所以我發誓唔會再鏟第二次光頭。」

雖然真係又 Dram 又骨痺，但係睇見佢個頭嗰吓，都真係幾開心。

第五日，嗰排我因為情緒有啲問題成日食唔落嘢，佢知道之後買咗一大袋零食嚟，又拉咗我出去食糖水，最後送我返 Hall 之前仲怕怕醜醜咁送咗盒士多啤梨畀我，話：「我揀嗰陣諗咗好耐，一來唔知你鍾唔鍾意食，二來可能你唔鍾意勁甜。呢隻品種叫咩『露之水滴』，聽人講佢酸之後會甜，同埋好香，所以就揀咗呢隻。唉，唔知自己點解會諗咁多，只要你鍾意食就得。」

我費事佢嬲，所以講咗多謝之後，冇特別表示。但係嗰日本身食唔落嘢嘅我將盒士多啤梨食得一乾二淨。

第七日，佢影咗一張佢做緊 Gym 嘅相畀我睇話：「今日開始做 Gym！」都係嗰日我先知，佢之所以會有嗰件 Nike T-shirt，係因為佢無意中見到我同 Ex 著住嗰件衫嘅合照，所以佢喺日本旅行嘅時候

先專登去買返件一模一樣嘅。

第八日，我同佢講起下年可能會去 Exchange，擔心有半年冇得見，唔知到時我哋嘅關係會變成點。點知佢話：「我寧願你見更大嘅世界，甚至係遇見更多嘅人。或者你會遇到更愛嘅人，我會傷心，但都無憾，因為我打從心底只想你快樂。」

第十二日，第十六日，第二十日……

第二十二日，佢同我講其實佢真係好想同我一齊。

當時嘅我依然有些少懷疑佢嘅說話係咪只係甜言蜜語，只不過大半個月時間，改又改到幾多呢？我望住佢，雖然佢啲頭髮仲未生出嚟，得啲短毛喺度 77 地，但我知道自己真係好鍾意佢，而錯過咗呢個時機，就可能遺憾一世。於是我把心一橫，心諗我咁後生，就算 7 都博一鋪啦！我應承咗佢，但內心都做好咗最壞打算。

第七十日，佢同朋友去台灣旅行，成班朋友一齊落 Club 但佢打死都唔肯落，自己一個 On99 咁去行夜市，仲 FaceTime 住畀我睇。

第二百三十日，第六百七十八日，第九百五十六日……

第一千零五十日，佢話：「女朋友，我決定今個月開始就唔再賭波，將啲錢轉晒去投資，希望五年後我哋可以揀結唔結婚。」

我其實好耐之前就已經冇再懷疑佢嘅真心，佢為我做嘅所有事，一點一滴我都睇在眼內。浪子回頭金不換，我嘅浪子回頭，變成咗一個日日黐住我嘅傻瓜。

我諗我係好運嘅，我鍾意嘅係一個真心願意為我而痛改前非嘅「Fuck Boy」；而佢都係幸運嘅，因為我當時都係比較單純，就算擔心，但都願意相信佢本質係一個善良嘅人。

不過我都知道，並唔係所有人都有呢份運氣，呢個世界的確係存在單純只有惡意嘅「Fuck Boy」，而都唔係所有「Fuck Boy」可以喺改邪歸正嘅時候，遇上一個願意相信佢嘅女仔。呢啲「Fuck Boy」係可憐嘅，就算佢哋「征服」幾多個女人都好，佢哋嘅靈魂始終冇歸宿。呢個世界有因，就有果。

我男朋友後嚟同我講過，當年佢仲係「Fuck Boy」嘅時候，佢並冇

咁內疚，因為佢覺得係啲女仔自己攞嚟，而且當年佢受到唔應該受嘅傷害，之後嘅嘢都係呢個世界欠佢嘅。但冇諗過，當年我嗰一句，「啱啱嗰番說話，你究竟同幾多女仔講過？」令佢嗰刻先意識到自己犯咗幾大嘅錯。因為過去嘅行為，喺終於遇到鍾意嘅女仔嘅時候，都冇辦法令佢相信自己嘅真心話。佢好後悔，佢好內疚；而當佢下定決心，痛定思痛，努力用行動去改變自己嘅時候，佢先意識到，原來當自己為呢個世界做嘅嘢愈多，呢個世界欠自己嘅先會愈少。

唔好用自己悲慘嘅感情史，去做自己墮落嘅藉口。你得唔到，只係因為你未值得擁有。

残廁嘟扑大法

以下內容一定會引起廣大女性朋友嘅不安，請做好心理準備再繼續閱讀。

「BB？」

「嗯？」

「我想有性生活啊……」

聽見佢又一次提起呢個話題，我真係好想對住佢反白眼，但係我都係保持禮貌咁答佢：「我咪講咗囉……我未 Ready……我唔想啊……」

佢冇放棄，坐近咗我一格，繼續講：「但係我哋都已經拍咗拖三個月喇喎！」

我繼續溫 Notes，冇理佢。但係佢就繼續喋喋不休：「不如咁啊，啲人結婚之前咪會簽婚前協議嘅，不如我哋都簽一份拍拖協議？即係可能我哋拍到四個月嘅話，就去一次時鐘酒店啊？」

又講埋呢啲奇怪嘢……雖然我哋一開始拍拖佢都已經奇奇怪怪。

我哋本身已經識咗五年，之後入咗唔同 U，講真我係對佢有啲好感嘅。嗰日佢話帶我去佢間 U 行吓，行吓行吓就爆咗入間 Lecture Hall。我睇緊手機，佢就冇啦啦黐埋嚟。

我話：「你又唔係我條仔，做咩黐咁埋？」

點知佢話：「係咪做你條仔就得？」

之後我就俾佢強吻咗，就係咁，我唔知頭唔知路就同佢一齊咗。但係由一齊嘅第一日開始，每次見佢我都會不停扣佢分。

食飯餐餐都 AA 制唔緊要，但係如果餐餐都係食 M 記譚仔，嗰幾十蚊我都唔好意思同你計啦。一齊咗三個月佢話一畢業就要同我註冊結婚排公屋，但唔諗住搞婚禮，連戒指都冇諗住買，仲夠膽大大聲咁同我講：「結咗婚嘅話，你就唔好做嘢喇，等我養啦！」

我心諗拍拖咁耐，想去嘅地方冇去過，想食嘅嘢冇食過，仲要幫佢阿媽湊埋個仔，咁都夠膽話會養我？認真咩？但係種種惡劣嘅態度，並唔係佢最 Cheap、最乞人憎嘅位，到我哋拍拖四個月之後，發生咗呢一件事。

嗰一日，佢一如既往咁提出想有性生活。可能係因為覺得佢好似好可憐，而我哋又真係已經拍咗拖一段時間，我終於鬆咗口：「好啦好啦，你 Book 酒店啦。」

「酒店？但係我最近先冇咗份 Part-time 喎，我冇錢⋯⋯你屋企得唔得啊？」

我即刻一句彈返過去：「梗係唔得啦！俾我老豆老母發現點算？」

佢似乎又諗到啲奇怪嘢，支支吾吾咁講：「不如去殘廁啊？」

「咩話？？？」我以為自己聽錯，即刻問多一次。

「我話不如去殘廁？我知委屈你，所以我哋唔做最後一步，等我有工返，我哋去酒店再做，而家可唔可以去住殘廁先啊？」

我當下嘅反應係覺得嘔心，但佢不停咁洗我腦，叫我乖，叫我聽話，叫我體諒吓佢，而我唔知點解就應承咗佢。講得出咁唔知醜嘅說話，佢竟然仲夠膽話怕尷尬，所以搵咗一個喺商場附近，但係又比較偏僻、少人經過嘅殘廁。

雖然最後真係冇去到最後一步，但係我當晚返到屋企喊到癲咗，覺得自己好污糟，好 Cheap。我不停說服自己，佢都係因為冇錢啫，佢會改嘅，佢會改嘅。

但事實證明我係錯嘅，我估唔到佢竟然上癮想再嚟。之後有一次我去佢間大學搵佢，佢忽然間話要去廁所，就拉咗我入殘廁。

我出盡力咁反抗，不停講唔好，我唔想，但係佢冇停手，而我又唔夠佢大力。佢揞住我把口，而且除低咗佢條褲。就喺嗰一瞬間，我真係好嬲好嬲，一腳伸咗過去，爭啲就親手斷佢下半身。

嗰一日之後，我唔夠膽再見佢，就用 Message 同佢講咗分手，但係佢依然纏咗我一排。佢走去 Inbox 我嘅朋友，話我同佢鬧咗交，只係我發佢脾氣，叫人幫手搵我。佢仲喺Facebook 打咗段有我全名嘅「陳情書」，但完全冇提起過佢自己嘅問題。

我真係好鄙視佢，但呢個同樣都係好多香港男仔嘅通病，想有「性」，但又連基本嘅支出都想慳。土地問題係多數香港情侶都會面對嘅問題，但當有需求嘅時候，去爆房如果可以揀時鐘，就唔會揀酒店；時鐘仲要睇價錢，睇性價比。而呢一個過程，無形間係當咗伴侶係發泄

性慾嘅工具，令伴侶之間嘅性愛變得廉價。性係兩個人嘅事，為對方提供一個舒服嘅環境，我覺得係基本吧？

我好相信有好多香港男仔並唔係咁，但無可否認社會上的確有一班咁樣諗嘢嘅男仔。

所以我同時亦都好鄙視當時嘅自己，當我面對唔珍惜自己嘅伴侶，我嘅做法係去幫對方搵藉口，去逃避，用善良去對待佢，當時嘅我真係好蠢好蠢。善良咁對待呢個世界好重要，但對住呢啲咁嘅賤人就一啲都唔需要，請將你嘅善良投放喺同樣以善良對待你嘅人身上。而無可否認嘅係，我亦都係令自己變得廉價嘅共犯。

女人要自愛，呢句說話我由細聽到大，但到我俾一個男人推入殘廁兩次，我先真正明白。

以上內容令大家造成不適，我深感抱歉，但希望睇緊書嘅你，要懂得珍惜自己。

有一種弱智叫做「喺女朋友面前提其他女人」

雖然我呢位嘅前度嘅情況係屬於執迷不悟加點極唔化，但係佢近乎智障嘅行為的確又係香港唔少男士一唔小心就會犯嘅錯。所以我想同大家講我同佢嘅故事，去提醒男士們唔好咁弱智。

「不如我哋去行 Donki 囉？」

嗰一日係我同前度拍拖嘅第一日，但係我就同佢悶悶不樂咁行喺尖沙咀嘅街頭。聽到佢提議要去行 Donki，我嘅唔開心緩和咗少少。

「好啊！你有嘢想買啊？」

「我自己冇啊，不過我老細佢好鍾意食午餐肉㗎！我同佢出街食飯，餐牌裡面有午餐肉嘅話，佢一定會叫嚟食㗎！」

聽見佢又提起嗰個女人，我真係好想喺佢落樓梯嗰陣，一腳伸佢落去……冇錯，喺拍拖嘅第一日，我當時嘅男朋友全程嘅話題都係圍繞一個女人，嗰女人仲要係佢嘅老細！

「我老細佢好叻㗎！咁後生就坐到呢個位，我真係好想繼續跟佢學嘢。」

「佢好豁達㗎！同一般女仔唔同，同佢相處會好舒服！」

「當全世界都搵唔到我喺邊嘅時候，呢個女人都一定可以搵到我！」

我望住佢喺 Donki 專心咁睇有乜嘢可以買畀佢老細，同時三句唔埋兩句就提起佢，我真係好想捉住佢，Diu 9 佢：「你係唔係有病㗎？其實我係唔係得罪咗你啫？你溝完我之後不停喺我面前提其他女人？你查實係唔係鍾意佢啫？」

不過當時嘅我悲傷比憤怒更加大，我完全頂佢唔順，冇辦法繼續聽佢講落去，所以我同佢講我走先，佢聽完叫我小心啲，自己就繼續買嘢……

過咗幾日，我都係好冷淡咁覆佢，佢好似知自己做錯嘢咁。有一日收工，我發現佢企咗喺我公司門口，仲好明顯收埋咗一束花喺背後。

我內心就梗係暗爽啦！算你識做，但我都係扮到嬲嬲地咁行去佢面前。

「你過嚟做咩啊？」

佢喺背後拎出嗰束花：「送畀你㗎，對唔住啊，唔好嬲我啦，好唔好？」

我接過花，內心甜到不得了：「嗯，好啦。」

佢見到我笑返，馬上好開心咁講：「太好喇……我老細真係好叻啊，好彩我買禮物之前問咗佢啫，如果唔係買錯嘅話，你一定仲繼續嬲我。」

「咩話？？？？」我唔係好相信我啱啱聽到嘅嘢。

「我話如果我買錯嘅話，你一定仲繼續嬲我。」

「上一句。」

「好彩我買禮物之前問咗佢啫。」

「再上一句。」

「我老細真係好叻啊……」

聽到之後，我即刻成束花掉返畀佢，頭也不回咁跑走。委屈到不得了嘅我好想喊，但係同時我又好唔想喊，因為如果我喊嘅話咪即係代表嗰個女人真係贏咗我囉……

之後佢不停 Message 我，我都冇理佢，直到有一條 Message：「之前咪講過我屋企裝修嘅，我老細屋企有多一間房啊，佢話可以畀我住一排先。」

睇見呢句，我下定決心打咗一句：「我決定咗喇，我哋分手啦，我真係唔想再阻住你同你老細，我要退出你哋嘅世界喇，唔好再打擾我。」

奉勸所有拍緊拖嘅男士，千祈千祈千祈千祈千祈！唔好喺你嘅另一半面前不停提起其他異性，唔好喺你嘅女朋友面前讚其他女仔靚，唔好喺你女朋友面前感歎其他女仔性格好。因為當你喺一段關係裡面，就證明對方係你所選擇嘅人，如果你讚其他人，就算你嘅說法再好，女仔都會忍唔住諗，其實你係唔係嫌棄佢唔夠好，係唔係覺得佢冇人哋咁好。

唔好話「你唔咁諗咪冇事囉」、「我都唔係咁嘅意思」，既然你講得出口，就預咗對方有權用佢嘅方法去理解你嘅說話。你可以 Diu 9 自己弱智講錯嘢，你可以怪自己中文唔好，返去 Diu 9 你嘅中文老師，但係你冇權去話返佢點解要咁諗，因為佢唔係老奉要去體諒你。當你都冇體諒對方嘅心情，又有咩資格要求對方體諒自己呢？

喺女朋友面前讚其他異性真係一件弱智到不能再弱智嘅事，希望各位
男士唔好踩中呢粒地雷。

「耶穌」叫我哋分手

因為作惡的必被剪除；唯有等候耶和華的必承受地土。 （約翰福音 –
詩篇 37：9)

咁神啊，我真係好希望你剪咗我女朋友間教會嘅傳道人⋯⋯

三年前，我啱啱同女朋友一齊。但當初我同佢成日會因為大家信奉嘅宗
教唔同而有好多爭執。佢係基督教徒，我係天主教徒。雖然兩個宗教係
好相似，但講到底都係唔同。一開始未一齊，我都有提過呢個問題，
但係我女朋友當時就答：「唔同宗教冇問題嘅，包容對方咪得囉。」

所以一齊之後，聽到我女朋友會質問天主教教義，我係有少少唔開
心，但係好快我發現咗個問題嘅來源，係我女朋友間教會有個傳道人
（死八婆）不停勸我女朋友同我分手。佢成日就喺我女朋友耳邊講：
「你同你男朋友唔係同一間教會㗎？會唔會係神嘅旨意啊？可能係暗
示你要選擇返正確嘅路呢？」

「你男朋友天主教㗎？佢唔會得救㗎喎⋯⋯」

「嘩，佢天主教㗎？到時你分手咪好辛苦囉？」（因為教條希望我哋
拍拖嘅對象就係結婚對象，傳道人內心認定我哋唔會結婚。）

當時我聽到之後我先係好唔開心，但係好快我就好火滾，我心諗：
「Diu！你間教會早就臭晒朵，你仲好意思去嫌棄其他教會？」

因為嗰間教會已經拆散過唔少情侶。仲有，呢位傳道人據說以前係有
十幾個男朋友，成日拍散拖。我心諗你都揀唔啱啦，有乜資格去對人
指指點點啊！不過！我係一個體貼嘅男朋友，所以過咗一排，我主動
提出去返吓女朋友間教會。

雖然好多人都話嗰間教會係邪教，係異端，我啲朋友同屋企人都叫我
唔好去，不過我都係想親眼去睇吓再做判斷，因為我已經認定我女朋
友係我嘅終身伴侶，係我嘅 Soulmate。而且我知道我女朋友真係對
天主教好反感，因為佢以前間中學係傳統嘅天主教中學，佢成日俾同
學欺凌，但係老師冇出面阻止。所以我諗：「如果我嘗試過係適合我
嘅話，都唔係唔可以考慮轉教嘅。」

但係！去咗三個月之後，我發覺我真係頂唔順，我完全融入唔到佢間
教會。每個禮拜去嘅時候，我都覺得好大壓力，好辛苦。再加上次次
去嗰陣，個傳道人仲係不停咁叫我女朋友小心啲我，畢竟我唔係信奉
真教，話我以前係異端。仲要好有自信咁講自己係先知，真係每次都
好難頂……

於是我決定同我女朋友坦白：「B……我諗我真係唔適合你間教會啊……我想返天主教教會……」

佢嗰日應該本身心情就唔好，即刻黑我面：「點解你成日想去天主教教會？天主教教會有咩好啊？」

我本身係心平氣和咁同佢傾，見佢突然發晒脾氣，我都有小小躁。

「個個人都會有唔同宗教信仰，點解唔可以尊重吓我？係咪天下間得你間教會先會得救？」

佢即刻好嬲，拍晒枱咁講：「我傳道人同我講『信與不信不能同負一軛。』我哋再係唔信同一間教會嘅話，我好難同你行落去！」

聽到呢度我即刻好唔開心，我明明有努力去嘗試接受你間教會，點解你仲要指責我？

「我努力過啊！你知唔知每次返你間教會我都好難受，好辛苦？！我有冇唔去啊？我真係嘗試過去融入。呢幾個月我每個禮拜都有去！我冇努力過咩？」

我女朋友聽見我開始惡，佢都更加躁：「咁咪再嘗試吓囉？有幾難啊？」

「我嘗試過去你教會！咁你又有冇去過我教會啊？」

「我都話覺得天主教嘅人虛偽！我唔想去！都係呢句，唔去就分手啦！」

我見佢只係聽晒佢傳道人講，完全冇諗過我都係真心為佢。我當下係好失望，所以好大聲咁講咗句：「好啊！分手啦！」

佢望住我，對眼即刻變紅，谷住眼淚，想喊想喊咁樣。我即刻就心軟喇，但係點都估唔到佢反手就煎咗我一巴，跟住跑走咗⋯⋯我冇去追，因為我覺得我已經盡晒奶力去維持關係喇。

嗰晚我個心囉囉攣，不停諗住我女朋友。唔知係因為心有靈犀定點，我拎起手機諗住搵佢嗰陣，佢就打咗過嚟，我扭擰咗兩秒之後就聽咗。

「喂？」

「嗚嗚！！對唔住啊⋯⋯」（佢爆喊）

我女朋友喊住咁同我道歉：「我唔應該將以前嘅事完完全全發洩喺你身上。呢件事我都有唔啱嘅地方，我想我哋可以行落去，我想未來可以同你結婚，所以我先咁咋⋯⋯對唔住啊⋯⋯嗚嗚！！！雖然我成日畀壓力你，但係其實我都好大壓力啊⋯⋯你知唔知啊，身邊嘅人啲伴侶全部都係同一間教會，得我唔係⋯⋯我每次返教會都會俾人話啊，佢哋話我唔緊要，我唔想佢哋話你啊⋯⋯B⋯⋯對唔住啊⋯⋯原諒我好唔好⋯⋯」

雖然佢一路喊住咁講，仲要不停鬼打牆，不過我當時都即刻飆晒眼水。

「梗係好啦！傻瓜！我都想同你行到最後㗎！我都想未來娶你㗎！」

之後我都即刻為我朝早太惡而道歉，問佢願唔願意做返我女朋友，個傻豬先笑返話好。

我哋一齊返之後，約定唔可以再因為大家宗教唔同而質疑對方。而我都覺得自己係唔係應該再努力嘗試了解吓女朋友間教會，所以我間唔中都會返。

不過個八婆傳道人，見我哋兩個冇散，感情仲好過之前，塊面次次都好 L 臭。成日想趁我唔喺附近嗰陣捉住我女朋友，洗佢腦。好彩我而家開始對佢有戒心，次次都睰實條八婆有冇埋我女朋友身。

百密一疏，有一次我去完廁所，一出嚟就見到佢捉住我女朋友傾偈。

「你要迷途知返啊，我預言過你哋唔會有未來㗎。佢係異端，主唔會同意呢段感情，主叫你哋分手啊……」

我第一下嘅反應係覺得好 L 好笑，但係之後啲腎上腺素馬上飆升。我企定定喺條八婆後面，等佢擰過嚟，就 Diu 7 佢。

佢都似乎察覺到後面有股濃烈過大澳鹹魚味嘅殺氣，但係佢懶係鎮定，望咗我一眼，問：「做咩？」

我就好似喺雞寶學完點鬧人嘅韋小寶咁鬧佢：「咩啊？？耶穌叫我哋分手啊嘛？我本身以為你只係低能，估唔到你仲係神棍嚟㗎喎！你聽 L 住啊，我唔係對呢個信仰有質疑，我只係唔 L 信你間教會，我就好記得聖經冇講過，要返你間教會先可以得救囉！定係我唔記得啊？你搵到嗰頁出嚟我食咗佢！

真係唔鬧唔得㗎喎，你當間教會係你嘅玩具啊？信仰係講神同信徒之間嘅關係，而唔 L 係信徒同教會之間嘅關係。教會只係一個媒介，唔一定要返呢間教會先可以加深同神嘅關係㗎！

再講，成日有人話你間教會係異端，我開頭都唔理。但係到我自己體會過之後，我先發覺呢度原來真係異端！你話你間教會冇人理解所以啲人先咁講。八婆，你用吓個腦啦！如果你哋真係冇問題就唔會逼人轉教會啦，根本就身有屎，排斥異己！

我會證明畀你睇！你呢啲洗腦嘅係錯！你要天意啊嘛！你要神嘅旨意啊嘛！我會證明畀你睇你所謂嘅預言係錯！」

我一氣呵成，個八婆嚇到一句說話都講唔出，我即刻拖住我女朋友隻手離開。而當晚我都同女朋友傾咗好耐，我慢慢明白我女朋友一直都留喺嗰間教會係因為佢想有陪伴，想有歸宿。於是我每日抽更多嘅時間陪佢，每日夜晚都會堅持傾一陣電話。

而去到今年，我哋拍拖第三年，我哋依然每晚會煲電話粥。

好多人都話，愛情有時某程度上都係一種信仰，為咗所愛嘅人，人會

改變自己嘅行為，改變自己思考嘅方法。你女朋友討厭煙味，你可能會戒煙；你女朋友戒牛肉，你可能都會不知不覺跟住戒，正如我當初有諗過為女朋友去轉信基督教。而當你真正咁堅定相信愛情，愛情都可以帶畀你進步，不斷變得更好嘅勇氣；都可以喺你身處低谷嘅時候，幫你喺內心搵到平靜。

但係愛情同宗教唔同嘅就係，宗教嘅一邊係教徒，另外一邊係神。而愛情嘅兩邊都係初次生而為人嘅兩個普通人，我哋注定要不斷學習，必須要學識去包容，去磨合，去反思。如果要強迫先可以行落去嘅，呢啲就唔係愛啦。

你要相信嘅「愛情」，唔應該僅僅係你嘅「愛情」，或者佢嘅「愛情」，應該係你哋兩個人共同經營嘅「愛情」。

最後我女朋友決定脫離嗰間教會。我依然係天主教徒，佢依然係基督教徒，但我哋兩個一直都好堅定咁一齊行落去，到而家我哋依然都係好 L 幸福。

東方昇

走進ong的世界

睇完以上呢個 Chapter，我發現其中兩位事主嘅男朋友都出現咗同一個問題，就係 On9。因為我都係人哋嘅男朋友，所以我同樣都有On9 嘅時候。作為過來人，我可以向各位女士解釋吓呢種 On9 嘅情況點解會出現。

其實一切嘅事，都可以用醫學角度嚟解釋。雄性動物熱戀嘅時候，佢哋嘅血液多數會集中喺佢哋下半身其中一個伸直咗嘅器官，導致佢哋嘅腦部長期處於缺氧嘅狀態，所以雄性動物嘅理性思維就會瞬間消失。因此，佢哋會做出各樣 On9 嘅行為，可能連佢自己都解釋唔到。咁遇到呢啲情況嘅時候，女仔要點做呢？嗱，記住喇，女仔千祈千祈唔好跟埋你個男朋友一齊 On9。如果唔係呢，就會好大鑊㗎喇，你會做出好多過咗好多年之後睇返，仍然會覺得好後悔嘅事。

所以，我東方昇喺度警剔各位女士真係要小心。

Chapter.4

愛の病

喺愛情裡面有一種病人，
佢哋會要求對方毫無保留咁愛自己，
但自己嘅愛永遠只係留畀自己。

你嘅愛係我嘅愛，
但我嘅愛係我嘅愛。

唔考量對方嘅愛，
其實唔係就係自私咩？

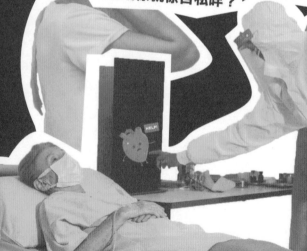

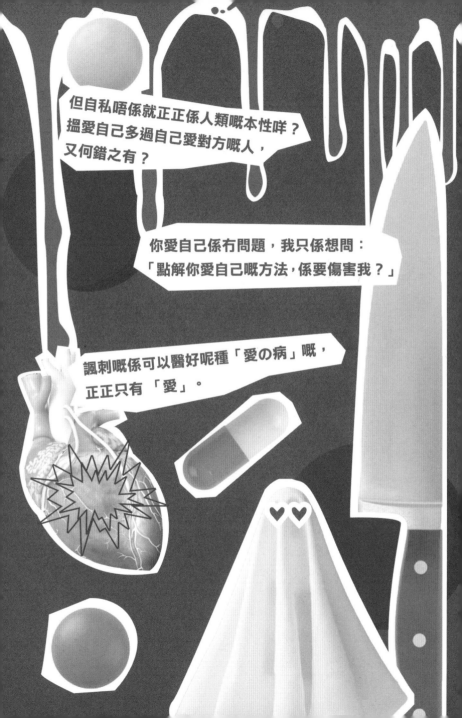

但自私唔係就正正係人類嘅本性咩？
搵愛自己多過自己愛對方嘅人，
又何錯之有？

你愛自己係冇問題，我只係想問：
「點解你愛自己嘅方法，係要傷害我？」

諷刺嘅係可以醫好呢種「愛の病」嘅，
正正只有 「愛」。

天下鬥仆街大會

天下嘅仆街千千萬萬，「圍爐取戀」就曾經舉辦過天下鬥仆街大會，去睇吓啲人拍拖嗰陣究竟可以有幾仆，究竟可以有幾街！以下就係案例最多嘅五類，以及呢五強中嘅精選案例！

第五名 - 個腦只係諗住扑嘢

「中出即飛」大家一定聽得多，但係男人「被中出即飛」，我相信應該都係世間罕有。話說我當時好認真咁追緊一個女人，佢都似乎受我溝，我哋日日都會傾偈，約親佢出街都會出，手仔都摸埋。

佢就自己一個住嘅，咁有一晚佢就忽然同我講：「你咪鍾意貓嘅？不如而家過嚟我屋企玩貓？」

我單純啫，但係你估我蠢㗎咩？所以我帶定兩個「袋」，急急腳咁就上咗的士。

去到佢屋企，當然就孤男寡女，乾柴烈火啦。之但係，因為我係真心鍾意佢，好想佢做我女朋友，所以我喺最後一步之前，停低問佢：「咁？我哋而家係正式一齊啦嘛？你係我女朋友？」

佢怕怕醜醜咁答我係，仲同我講係安全期，不如唔好用，咁我就梗係好聽話喇。

第二朝，我同佢講我返屋企換套衫，之後即刻返嚟搵你。上咗的士之後，我心諗：事隔咁多年，我終於又重新出 Pool 喇。當時我內心好興奮。但係我都未興奮完，佢就一條 Message 彈咗過嚟話：「我哋⋯⋯不如都係做返朋友，我諗我未 Ready 拍拖⋯⋯」

當下晴天霹靂嘅我，一嚟好心傷，二嚟都即刻懷疑係唔係我唔掂，所以佢先拒絕我。但係我只係唔開心咗幾個鐘，因為當日嘅夜晚，佢又 Message 我：「對唔住啊⋯⋯我錯喇⋯⋯我係因為太驚⋯⋯你而家可唔可以嚟搵我？」

我以為破曉重見光明，所以就立即趕咗過去。當然情景依然係孤男寡女，所以依然係乾柴烈火，但係今次我都循例有再問佢：「你今次真係諗清楚啦嘛？真係做我女朋友？」

佢好堅定咁話「係」。但今次佢冇等到第二朝，完咗之後佢就即刻話：「對唔住，我哋保持而家呢個關係繼續做朋友唔好咩？」

嗰一刻我先知，問題唔在於我性能力，而係在於我鍾意咗一個只係諗住扑嘢、冇諗住認真嘅女仔。

第四名 - 冇心裝載

我自問我都好大量，你唔記得女朋友生日，我原諒你，我當你係因為貴人事忙，一時唔記得。但當時我已經同佢拍咗拖兩個月，有一次同佢扑完嘢，我忽然興起問佢：「BB～我見你叫你啲 Close Friend 會響全朵，點解你冇響過我全朵嘅？」

佢好似自己知道瀨嘢，但係都係扮晒鎮定咁答我：「咁你係我女朋友嚟㗎嘛～點可以咁粗魯對你？」

我嗲佢：「唔制！我都想聽你叫我全朵。」

佢 Err 咗一 Err，我忽然覺得唔對路。

「你記得我中文全名㗎可？」

「Errr……BB 你好似冇講過喎……」

「我 IG 個名就係我中文名個音㗎。」我已經開始覺得好不可思議，拍拖成兩個月，我中文名都可以唔知？

「對唔住啊 BB，你話我聽啦。」

「至少你記得我姓咩啩？」

「Errr……」

然後佢就係我個 Ex 了。

第三名 - 感情當兒戲

話說我個 Ex 嘅老細就同我老母係好朋友，有一日我老母忽然間好嚴肅咁捉住我，同我講：「女啊，你同你之前嗰個男朋友係分咗手啦嘛？」我好緊張咁以為佢發生咗咩事，答：「係啊……第二次分手喇……佢喺出面有第二個啊嘛，同我分咗手冇耐，就同第二個一齊咗啦。」

我老母鬆咗一口氣：「好彩你分咗手咋，我同佢老細咪係朋友嘅，佢話咗畀佢老細聽，點解當年會忽然追返你。」

我心諗係唔係準備講一啲我嘅優點，所以佢忘不了，但係睇我老母嘅表情似乎唔係咩好嘢。

我老母話:「原來啊, 佢當年已經係一腳踏幾船,計埋你佢咪一共有三個前任嘅,佢當年係同另外兩個朋友猜包剪揼,每人代表佢一個前任,睇吓邊個贏,佢就同邊個前任喺返埋一齊啊陰公!」

聽完之後,雖然我哋已經分咗手,但係我真係好想兜巴兜巴煎落佢塊面度。

第二名 - 不忠

我本身以為我嘅故事係一個有關我點做一個仆街嘅故事,但後嚟我先發現,我嘅故事係「原來你又係老千,我都係老千喎」。回首一望,原來大家都係仆街。

當時我同女仔 A 係 FWB(Friend With Benefits,朋友也上牀)嘅關係,當初我同 A 嘅講法就係大家只係肉體關係,唔會對對方動真感情。但係呢個世界邊有呢支歌仔唱,我發現佢開始沉我船。

然而嗰陣女仔 B 出現咗,佢係一個我真心覺得好適合我嘅人,我都慢慢開始同女仔 B 有曖昧嘅關係,所以有一段時間我就一拖二。我內心好煎熬,我知女仔 A 鍾意我,所以我同女仔 B 曖昧佢會唔開心。而我又係真心鍾意女仔 B,但我同女仔 A 依然有肉體關係,對女仔 B 好唔公平。

所以我下定決心要結束呢個一拖二嘅狀態，我同女仔 A 攤牌，表示我鍾意女仔 B，我會同 B 正式一齊。女仔 A 當時係喊晒口咁跑走咗，我內心都好過意唔去。但係短短一晚時間，女仔 A 就 Post IG Story，話佢正式同我哋嘅一個共同朋友 C 一齊。後嚟我打聽先知，原來朋友 C 一直追緊 A，而女仔 A 一直都猶豫緊，所以冇應承，但係就一直同朋友 C「互相了解中」。

即係原來女仔 A 一直都係一拖二緊，我即刻冇咁愧疚，過多一排都正式向女仔 B 表白，我哋都順理成章咁一齊咗。

但我曾經喺有 B 嘅情況下，仍然同 A 有關係嘅呢段經歷一直折磨住我。所以有一日，我決心向 B 攤牌，同佢懺悔當時其實我一拖二緊。

女仔 B 聽完好冷靜，佢同我講：「既然你都咁坦白，我都有樣嘢想坦白。其實我同你曖昧緊嗰陣，我係有男朋友㗎……但係你同我表白之後我馬上就同佢分咗手喇！」

我聽完之後開始好頭痛。

即係原來一直以嚟我以為我「一拖二」緊，但係其實佢又「一拖二」緊，而你都係「一拖二」緊？？？？

法印！！我好亂啊！！好難捉摸啊！！

而有一點我必須要提及嘅，就係我其實都係女仔。即係我故事裡面全部嘅仆街，都係女仔⋯⋯

「女人好可怕」呢一句唔係浪得虛名㗎！

天下鬥仆街大會
榜首

錢同女朋友

同時跌落海，

我估佢會救錢

你點都估唔到，天下鬥仆街大會嘅榜首竟然唔係「出軌」，而係同「錢」有關！香港真不愧係商業社會，就連愛情都同「金錢」有密不可分嘅關係。

喺我講我 Ex 幾孤寒度縮之前，我希望大家記住一個前提，就係佢屋企其實都幾有錢。

喺拍拖初期，我都已經隱約 Feel 到個問題喺邊，就係佢對錢嘅執著似乎比起對我嘅執著更加深。當初追我嘅時候，佢就用好多心意嘢（唔使錢）嚟溝我，而因為我都係一個講心唔講金嘅人，所以當時就落咗搭。

熱戀期嗰三個月，我哋每次出街食飯就係食五十蚊樓下嘅茶記或者譚仔，仲要餐餐都係 AA 制。有時佢仲會唔記得帶銀包，所以要我畀住先；但係調轉當我身上現金唔夠，要佢幫手嘅時候，佢就算只係兩蚊都同我計返。有時我真係好想問佢：「你係唔係男人嚟㗎？你好唔好意思同個女仔計呢樣計嗰樣啊？」

而可能因為佢見我接受佢嘅行事方法，所以佢就開始變本加厲，可以用我嘅嘢，佢就一定唔會用自己嘅嘢。有得攞就攞，有得唔畀就唔畀！

我都忍咗佢算，但直到一次我同佢去台灣旅行，我真係忍無可忍。

計劃行程嘅時候，佢好好死咁話佢負責訂酒店，我以為佢終於肯轉死性啦。但我去到酒店樓下，我先知道出晒事。

首先佢訂嘅唔係酒店，而係賓館。嗰一次仲要係我哋嘅畢業旅行，可唔可以唔好咁寒酸啊？我當時企喺樓下，望住間賓館殘舊嘅外觀，心情就好似凌凌漆企喺麗晶大賓館樓下一樣，心諗：「唔係玩我啊嘛？」

我說服自己，可能係敗絮其外，金玉其中呢？但我錯喇。

我一打開房門已經聞到勁重煙味，我本身有鼻敏感，未入門口已經不停打乞嗤流鼻水，望住裡面嘅環境，我真係懷疑如花隨時就會彈出嚟問我要唔要叫鴨。

我問佢：「間酒店……你 Book 咗幾錢？」

佢以為我讚緊佢，摸吓頭笑笑口咁講：「百幾蚊港紙一晚咋！係唔係好抵？！」

我當下已經鼻敏感到冇力去 Diu 7 佢，我提出話轉酒店，我出錢。但係佢就不停勸我：「唔好啦！好嘥錢啊！」

大佬！我都係為你好咋！我驚我今晚喺度瞓嘅話，半夜會忍唔住捉你起身打你一鑊啊！所以我冇理佢，自己 Book 咗間新酒店，佢又好似當冇事發生咁跟埋嚟。

佢都好似察覺到我好唔開心，第二日佢就話帶我去食好嘢，喺當地搵咗一間似乎都幾貴嘅日本餐廳。我嗰陣係即刻開心返嘅，覺得佢緊張嘅都係我，於是都開開心心咁食嗰餐飯。

當時旅行我提議話，不如我哋夾定啲錢做飯錢，費事成日喺餐廳夾嚟夾去。食完日本餐廳嗰晚返到酒店，我沖完涼出嚟，見到佢好似計緊數，於是我哄埋去。

「你計緊咩啊？」

「我計緊今晚餐飯每人畀幾多錢囉。」

我即刻有少少黑面,但係我決定畀次機會佢,我嗲佢:「乜餐飯唔係你請咩?唔係想呺我開心咩?」

佢即刻擰轉頭講:「唔係!咁點得啊!我有留意㗎,今晚碟刺身你食咗五塊,碟嘢一共就八塊,嗰份刺身你要畀八分之五嘅錢,所以餐飯你係應該要畀多啲㗎。」

我真係人生第一次見到有人係會咁同人計數,我已經驚訝到 O 晒嘴唔知點應。

佢以為我係唔知自己使多咗錢,所以驚訝,於是佢「安慰」我:「你放心啦,我好均真㗎。而家新台幣對港紙係四比一,咁我計完條數你就應該要出 $289.6(港幣),你本身個 Pool 裡面啲錢已經唔夠,我幫你墊住先啦,所以你爭我 $89.6(港幣),不過你要再畀錢出嚟喇。」

我個頭好痛好痛,但係我唔想搞到我嘅畢業旅行全部都係污點,所以我忍氣吞聲,夾硬過埋嗰幾日。返香港之後,本身就諗住搵辦法同佢分手,但係好笑嘅就係,反而係佢開始唔約我出街,有時仲唔覆 Message。所以我內心直接當我哋已經分咗手,當佢死 L 咗。(一年半之後偶遇,佢原來覺得我哋一直冇分手,只係冇交流,冇接觸嘅柏拉圖式戀愛……)

一開始我仲以為佢係家庭有咩困難，後嚟先知原來佢屋企有四層買斷咗嘅樓揸手。生活唔容易我明嘅，「錢」有時候都真係生活嘅一大難關，如果有困難不妨直接同伴侶講。如果覺得人要面而唔講出口，仲要擺出嗰啲孤寒度縮、斤斤計較嘅態度其實係更加肉酸，更加令人睇你唔起。

呢個唔係童話世界，喺現實生活，就算你揀「愛情」，你要生活，你要生存，唔多唔少都係需要「金錢」。生活不易，但係我覺得至少可以做嘅就係，盡力唔好等你嘅伴侶以為「金錢」比起自己更重要。錢財本是身外物，如果自己連身外物都比唔上，你嘅伴侶又點會相信你係真心愛佢呢？

有一個大前提我必須要講:「出軌係錯嘅。」

而我係一個出軌次數高達三十次嘅現役人妻,我嘅情夫遍佈世界嘅五個城市,所以我可以話你知,時間係可以管理嘅。喺肺炎爆發之前,我成日周圍走周圍食。有時去見喺 A 城市嘅情夫,順便就會去見埋喺 B 城市嗰一個。

偷食期間一切賤招我都做過晒:唔開定位、提前影定啲相 Post IG Story(做不在場證據)、搵定朋友夾口供……我都好肯定,只要你講得出嘅招數我就一定做過。

試過最刺激嘅一次係,我老公搭下晝三點喺 Terminal 1 嘅機去出差,而我就搭四點喺 Terminal 2 嘅機去 C 城市見我個情夫。一去仲要去三日兩夜,而我老公喺呢段期間完全冇打過電話畀我,因為我成日洗佢腦話佢知,男人最緊要嘅就係「有面」,出去應酬見客,要打電話畀老婆報到畀婆婆媽媽成何體統?所以佢出差,我直頭就係同佢講:「老公,你出去嗰陣唔好打畀我,成班男人出差,得你一個要打電話畀老婆真係好肉酸啊。」

到佢出差嘅公事做得七七八八真係打個電話畀我嗰陣,我已經落咗機,

返到屋企舒舒服服喺張牀同佢 FaceTime。

我知你哋一定會諗，我玩得咁癲，我老公點會唔知啊？我老公又點會喺出邊冇玩啊？我老公有冇出軌我唔知，我只係知佢有用交友 Apps 撩女仔。其實我都唔知佢知唔知我出軌，我只係覺得相處咗咁多年，佢唔多唔少都察覺到，只係為咗要一齊行落去而冇揭穿我。而我只係知呢段婚姻，一開始就係建基於一段早就應該分開但係冇分開到嘅關係上。

新婚之後，我每一日望住佢瞓喺我隔籬，我每晚都不停咁催眠自己，同自己講：「我愛佢，嫁畀佢係啱㗎，我同佢之間有感情㗎。」但係有啲嘢如果唔啱，無論你點樣說服自己，都唔會變成啱。嗰陣嘅生活好似完全停滯不前，而就喺呢個時候，我遇到我第一個情夫。

其實佢同我老公真係好似，但我對住佢會心跳加速，有性衝動。當佢除我衫嗰一刻，我有諗起我老公，但係我當時就只係想面對自己嘅慾望。只係單純嘅慾望，只係嗰一分，嗰一秒。就好似阿飛叫蘇麗珍望住個鐘一分鐘嘅嗰一種感覺，唔諗未來，單純生存喺嗰一秒鐘。

至少嗰一分鐘我係自由嘅，我係被愛嘅，我係被寵嘅，我係被需要嘅存在。我無拘無束，所有嘅悲傷就好似呼出嘅煙一樣，飄渺到我唔記得有傷痛嘅存在。

我知，我明，好病態，但係我停唔到，我真係停唔到。就好似試過食糖嘅細路係唔會識停，就算佢會食到變死肥仔有糖尿病，就算佢會過敏到滿身傷痕都好，佢都想要嗰一刻嘅滿足感。

我同第一個情夫嘅關係並冇持續太耐，因為佢當初係好認真咁諗住同我發展落去，但係佢好快就意識到，我同我老公咁多年嘅感情係點，佢喺條件上都唔會畀到我老公可以畀到嘅嘢我。雖然我從來唔介意，但係佢介意，佢亦選擇慢慢抹滅我嘅自尊同耐性。

我冇諗過喺一段已經唔正確嘅關係裡面，我都可以受傷，所以我決定令自己有咁折墮得咁折墮。當想得到一樣嘢嘅時候，人會分成兩種，第一種係令自己變成 Better Person，去得到；另外一種係會令自己變壞，咁樣就算得唔到，都似乎係一件合情合理嘅事。

之後我陸續認識到情夫二號、三號，慢慢發展到唔同城市、唔同國家都有一個情夫。高矮肥瘦，唔同職業，咩人都有，真正嘅「向世界出軌」。而我都愈嚟愈貪靚，愈嚟愈姣，隨時準備好喺可以俾仔撩嘅狀態。我喺我老公身上得唔到嘅嘢，我想喺情夫身上獲得，但係最後嘅結果就只係我表面好光鮮，但係我愈嚟愈睇唔起自己。我透過出軌所搵到嘅自信變得蕩然無存。

我當時覺得係對象嘅問題，係因為我搵唔啱人出軌啫，直至我遇到我最後一位情夫，佢不論係外貌、身材，定係內涵同修養，我都滿意到不能再滿意，佢完全滿足到一個女人對愛情或者慾望嘅所有想象。

我以為我會滿足，我以為我會覺得打爆機，但係做完嘅嗰一刻，我感受到滿足感嘅同時仲有無盡嘅空虛。我望住佢喘氣，我意識到，原來所有人都一樣，其實都可以被替代，我只係想要一個情感嘅「投射對象」。

適逢肺炎，我冇再出去偷食。我望住自己，真真正正咁望住自己，去同自己滿身嘅傷痕相處，「不安」、「膚淺」、「道德淪陷」……我責備自己，但同時我擁抱返自己。

我睇返我同老公嘅關係，我老公不論係外表身材，抑或係其他條件，其實一啲都唔差。只係我唔再仰慕我老公，或者係我感受唔到我老公需要我。表面上我哋感情好好，但係我終於冇再扮睇唔到我哋之間有一條好大嘅裂縫，須要用時間慢慢去修補。

我本身係食素嘅，我食素只係因為對呢個世界好，對我身體健康好，但係我從來冇問過自己嘅心，我鍾唔鍾意食肉。我都唔夠膽問，萬一

我鍾意呢？但係認清要面對我同我老公嘅問題之後，我破咗戒去食肉，我先發覺我係鍾意食肉㗎，但係食完嗰一啖之後，我繼續食返素，心甘情願咁食素。

原來我一直想要嘅自由，一直想要嘅安全感好簡單就可以得到。你只須要望住自己同另一半嘅問題，去正視，無論你幾痛都好，都唔好移開你嘅雙眼。就算係狂風暴雨，都會有停雨嘅一瞬間，而你需要嘅都僅僅係嗰一瞬間。

但係我已經冇得回頭，我冇得重新選擇用其他方法，而唔係「出軌」去令自己意識到呢一點。

就算有一日，我完全接受自己，同老公都修復關係，世界照常運作，車繼續行，飯繼續食，但我知道有啲嘢始終都唔同咗，而呢樣嘢將會纏繞我一生。

我係一位出軌次數高達三十次嘅現役人妻，我係一位向世界出軌嘅人妻，而我鄭重咁同大家講：「出軌傷害嘅其實係你自己，俾你背叛嘅人始終會 Move On，但係你唔會。」

俾人呃我諗每個人都試過，但係俾一個詐騙犯呃完感情之後，我覺得香港係應該立法定義嗰啲呃人感情嘅人，同嗰啲呃阿婆棺材本嘅人一樣，係應該要去坐監嘅。為免大家喺睇呢篇故仔嘅時候擔心我嘅人身安全，我想先聲明我已經同呢條仆街亽家劇分咗手。同埋唔好誤會，呢一篇文只係對一個人渣嘅強烈控訴同公審。

Edmond，我 DLLM！

事源係咁，呢個人係我中學師兄，舊年 12 月佢開始追我，12 月尾我哋就正式一齊。一齊咗冇耐，佢就不斷遊說我同居，佢聲稱做餐飲業返工好忙，好日都見唔到一面，所以基本上唔同居就拍唔成拖咁滯。當時我自己都想獨立、想搬出嚟住就冇諗太多，畀咗全數三個月租金加佣金同佢一齊租私樓住。

啱啱一齊嘅時候，佢就已經同我坦白佢有官司喺身，但佢一直都交代得好含糊，話係打唔甩嘅罪，不過有人幫佢搵大律師。我自然誤會係因為上年社運佢被告暴動之類嘅罪名，所以我一直都好擔心佢，覺得要對佢好啲。每個月佢都要返警署報到，我仲求埋黃大仙嘅平安符畀佢希望佢冇事。

經濟上我都成日照顧佢，因為佢話疫情關係份糧得八千蚊，又冇晒儲蓄。平時食飯、買衫同日用品都係我畀錢，有時交租都要我畀住先，等佢出糧先畀返一半租我。佢喺生活上會有好多偷雞摸狗嘅情況，例如佢會叫我退訂我嘅 Netflix，但叫我用信用卡交佢嗰個。就算係我生日佢都話冇錢，買禮物唔會過二百蚊，最後佢決定煮飯畀我食，但係就用我張卡去買餸……

相當多女仔會喺佢臨瞓前用 TG 聯絡佢，佢知我望到之後就熄晒Notification。每晚佢都話要返工，夜晚十一二點甚至一兩點都未見人。我生日正日同補祝嗰兩日都係喺屋企瞓覺，叫外賣同睇電視咁過。我都覺得好唔對路，開始成日同佢鬧交。

佢話冇證據嘅嘢就唔好拎嚟嘈，話我屈佢，甚至調轉屈我衣著暴露想俾人強姦，去做 Gym 係想溝仔。有時佢講唔過我，甚至會有暴力行為：推撞我、捏頸、想鎖我喺房、推跌晒啲傢俬同威脅話要跳樓等等。當時我好擔心租約未完，唔繼續租要賠好多錢，所以私底下搵咗業主同佢講明發生咩事，睇吓可唔可以提前解約。

而呢段時間佢依舊係用咁嘅態度對我，但係又成日好似好冇安全感咁驚我會走咗去。試過有一晚佢收工返屋企發現我個篋喺廳，佢即刻發癲，

喊晒口咁講:「你唔好唔要我啊!!!!!」

我就安慰返佢:「放心,我係因為換季想收返埋啲長袖衫啫。」

佢聽完先冷靜返,夾硬拉住我同我呻佢公司嘅女經理幾咁衰。我表面上聽佢講嘢,實際上我心諗:「等我同業主傾好點完約,我就一腳伸你出屋,唔通我慢慢搬緊啲衫返屋企又大大聲話你聽咩!!」

去到 4 月,有一晚佢聲稱返緊工嘅時候,我喺佢背囊發現咗偉哥(唔記得講,呢條友早泄,一分鐘都冇就會完)。之後我打開佢部電腦(部電腦都係我幫佢簽卡做分期,佢太多街數開唔到信用卡)嚟睇,發現 Whatsapp 有大量同 SP 玩 SM 嘅閃卡,同佢撩佢公司女 Part-time(年紀好細)嘅對話。最嚴重嘅係,我發現佢張保釋紙上面寫住嘅罪名係「詐騙」。

嗰一晚我下定決心要即刻趕走佢。我本身以為自己已經好清楚佢係一個幾咁賤格嘅人。但係事後因為唔忿氣,又為咗保障自己同佢身邊嘅女性,我聯絡咗佢多個前女友、公司 Part-time 同事、SP 同朋友,先發現呢個人真係壞到極點。我本身以為自己已經好清楚佢係一個幾咁賤格嘅人,但佢啲恐怖嘢嗰刻先開始一件一件被公諸於世。

佢嘅 Ex 話我聽佢一直都係靠食軟飯生活，仲離過婚有個六七歲大嘅女，佢就梗係冇負責啦。呢件事我連聽都未聽過，而最恐怖係佢成日將「好想有家庭」掛喺嘴邊，因為佢喺單親家庭長大，所以佢當咗我就係佢嘅家庭，仲話我哋第日點都會有小朋友，好想我生 BB 等等。佢會將一隻大型嘅熊公仔當係佢個女，每晚都會同隻公仔自言自語，又問隻公仔知唔知佢好錫佢。仲一齊緊嘅時候，最多覺得佢傻傻地，但係而家我只係覺得佢好黐線。

佢係餐廳經理，之前佢公司請人，佢面試面到溝女咁，連啲同事都忍唔住出聲話佢佢先停。而佢喺我面前嘅講法係好唔想負責面試，因為會講嘢講到聲沙好劫。佢啲女同事同 SP 都唔知我嘅存在，淨係知佢分咗手，自己住。其中一個同佢曖昧嘅女仔聲稱，佢話樓面要多女，但佢就同我講係個日本人老細話要請多啲 Kawaii 嘅女仔。

佢仲成日叫啲女仔介紹其他女仔畀佢，試過有個介紹咗一個 00 後嘅妹妹畀佢，佢即刻好熱心咁幫人搞生日會，結果當然係俾佢食埋。留意返佢三十二歲都嚟緊，真係唔知點解佢仲有面去做呢啲事。嚟緊佢公司將會開多三間新鋪，所以佢仲不斷請緊新人，如果佢繼續坐經理呢個位，一定會有更多女仔受騙。我已經通知咗佢公司嘅人事部同埋其他同事，叫佢哋小心，但佢哋似乎唔多想理……

喺我趕走佢嘅第二晚，佢已經搵咗新女上嚟幫佢搬屋。當我知道之後，我覺得個女仔好可憐，但我都好清楚 111 日前，我面上嘅表情同個傻妹係一樣。所以我咩都冇講，只係喺內心希望個女仔可以盡快迷途知返，同希望呢條仆街唔好再出現喺我嘅生活入面。

講真，我覺得真正可憐嘅係佢。佢係一個自卑到極點嘅人，佢嘅成就感建立喺性伴侶嘅數量上，佢嘅優越感嚟自於佢自己嘅大話，佢呃人但同時都呃埋自己。佢容不得人哋比自己好，容不得人哋比佢優越。當時同佢一齊，佢會阻礙我去保養自己外表，又唔允許我去進修，每次有其他男人對我好，佢嘅自卑感都會湧現。真正睇唔起佢嘅係佢自己，當初嘅我冇嫌棄過佢，佢嘅前度、前前度亦都冇嫌棄過佢，但佢驚俾人拋棄，所以佢先去拋棄人。

雖然佢仲爭緊我錢，但係最後一次望住佢離開嗰陣我諗，我淨係想同佢講：「我希望你唔好回頭，唔好回頭再打算傷害我，唔好去做一個好人，希望你弱小自卑嘅心呢一生都同你如影隨形，因為你並唔係一個值得有好結局嘅人。呢個世界上，原來真係有人唔值得。」

背叛的人
要吞一千噸屎

Kneta

歌都有唱過「說謊的人要吞一千根針」，咁我覺得「背叛的人」真係應該要吞一千噸屎。

背叛從來都係我心底裡最大嘅一個地雷，可能係由第一段感情開始就一直累積，陰影大到令我難以釋懷。

而慢慢地令我都唔敢再相信愛情，唔再願意為任何人打開道「門」。試想象吓，每次當你滿心期待開門嗰刻，發現門外嘅人唔係傳銷就係傳道，想話浪費時間同你「講經」喎，心裡面即刻大叫一聲：「Diu！」久而久之你就唔會再咁輕易開門畀任何人，因為唔想聽任何廢話囉唔該。

我都曾經嘗試過理解背叛者個腦究竟裝咩，點解可以做得出呢種咁傷害人嘅行為？點解可以存心欺騙一個真心對你嘅人？點解以為「揮一揮衣袖」就真係可以話走就走？唔愛都算，仲要呃9你，直至磨到

成段感情發出酸臭味先願意講出真話離開。諗到最後除咗覺得佢哋個腦裝屎之外，我都諗唔到其他喇。其實真係好諷刺，一齊嗰陣要雙方同意，但分開嗰陣其中一方同意就已經可以成立。

到後來我發現「背叛」唔係因為天時地利人和自然地發生，而係一種「癮」。背叛者最鍾意用「我都唔想」嚟粉飾自己嘅仆街行為，其實諗深一層，可以有得你唔想咩？有人逼你出軌、逼你同另一個人歡愉、逼你用一個又一個嘅「方」言去解釋咩？冇打錯啊，係「方」言啊，同謊言唔係同一個 Level 㗎，因為佢哋講嘅嘢實在太 On 框，信你都係基於當時太愛你。事後諗返唔止覺得你講嘅嘢 On 框，連當初選擇相信你嘅自己都俾你嘅 On 框襯托到更加 On 框！

講返點解我覺得出軌係種「癮」，因為背叛咗第一次通常就會有第二次，佢哋自以為可以用各種理由解釋到點解要咁做，又會假惺惺咁承諾你唔會再犯、係最後一次。當然啦，每一次都可以係最後一次，所以可以有無限個最後一次，直至你選擇相信佢嘅最後一次之後真正嘅最後一次……

對住啲仆街我冇嘢好忠告，買多幾份保險啦吓：)

而對於被仆街欺騙同利用嘅你哋，我想講幾句，我唔係啲咩戀愛專家，只係俾啲仆街呃得多而比較知道佢哋嘅手段，所以我奉勸沉緊船、被沉船、沉過船嘅咁多位……

走啦……講真喍，唔好異想天開諗住可以用自己嘅愛去感化佢哋令佢哋改變。傻西（9）嚟嘅，佢哋淨係識喺冧上同你換位喍咋，唔會識喺感情上同你換位喍，佢識都唔落得到今日咁嘅田地啦。你妄想佢哋會諗你感受倒不如好好地聽吓自己嘅感受，難受嘅唔好忍，走囉，走得愈快愈好添啊！同樣地都冇人逼你信佢同繼續留喺呢啲孽種身邊。你話好難忘記？唔難，真係唔難，你肯其實可以好易，只要你肯 Block & Delete 晒佢哋搵到你 Or 你搵得返佢嘅任何方法（例如 Contact、IG、Facebook 個啲），Delete 晒所有對話、相同片，仲想留低慢慢回味？唔好喇啩……咁 L 肉酸嘅嘢都仲想睇返？斷捨離雖然難，但起碼都易過同篇屎糾纏啊，咁難忍嘅嘢你都忍咗咁耐啦，一刀切都係痛一下啫。愛嗰陣固然可以全情投入，但唔該分開嗰陣都要狠狠地完結，因為自取嘅可憐係冇人會可憐。

只要你做得出以上講嘅嘢，就可以好快忘記呢啲仆街，好好過你嘅生活。仲有，記住多做善事，咁先可以有多啲 Quota 去咒 9 呢啲仆街：）

背叛者係可恥，但自己背叛埋自己就更加可恥，對自己好啲，相信下一個會更加好。

Chapter.5

幸福終轉站

有人講過婚姻係愛情嘅墳墓，但墳墓同時都代表「永恆」。

結婚就係希望呢段愛情係我哋尋尋覓覓嘅終點，但事實係咪又真係咁？

結婚並唔一定等於幸福，
未有覺悟而踏入婚姻嘅人，
可能會墜入更黑嘅深淵。

究竟婚姻係我哋嘅終點站，
定都只不過係我哋又一個嘅中轉站？

THE OTHER WAY

THIS WAY

THAT WAY

沒有顏色的愛

每次我向朋友介紹我未婚夫嘅時候，佢哋嘅反應基本上都係以下兩句。

第一，當我公佈我訂婚。

「真係㗎？？？Oh My God ！！？恭喜你啊！」

第二，當我話佢哋知我未婚夫係嚟自非洲嘅黑人。

「咩話？？？你講真㗎？？？你邊度搵返嚟㗎？識揀喎～夫妻生活一定好幸福啦～」

跟住落嚟通常都係一堆大家個腦最直接就諗到嘅問題。但係好笑嘅就係，從來冇人問過我，佢對我好唔好，我有幾鍾意佢。

大家似乎都對有一個黑人男朋友嘅生活好有興趣。好，今日就講一講，自從我愛上佢之後，我所感受到嘅嘢。

佢今年三十歲，嚟香港嘅原因係為咗進修博士。當我認識佢大概一個月左右，佢就用佢意外地都幾標準嘅廣東話同我表白。

「我⋯⋯我真係好鍾意你。做我⋯⋯我女棚友。」

我心諗：「傻瓜，你講英文我聽得明㗎。」

之後我哋好快就搬埋一齊住。非洲嘅男人普遍都係好大男人嘅，佢好唔鍾意女人唔同意佢嘅睇法或者駁嘴，同埋好睇重我有冇尊重佢。啱啱一齊嗰陣鬧嘅交，多數都係因為我做咗啲決定但冇同佢講，或者就係問完佢意見，但係又無視佢嘅意見唔理。

一齊住方面，佢覺得女人要負責晒所有家務：煮飯、洗碗、洗衫、熨衫、清潔（我梗係冇畀佢得逞，家務一人負責一半）。佢好少會出街食飯，餐餐基本上都係要自己煮，仲要有一堆要求：要食辣或者重口味啲嘅，未煮熟嘅都唔會食（蒸水蛋都唔鍾意），同埋一定要有芡或醬先得。不過好彩我本身就鍾意煮飯，同埋有時我心情唔好、唔開心，佢都會好醒目咁去煮飯畀我食。

就咁聽好似好麻煩啊可？但係同佢一齊其實我好開心，因為由佢表白嗰日開始，佢已經當咗我係佢屋企人咁對待我。我本身唔算係識好多嘢，所有我搞唔掂或者唔想搞嘅嘢，佢都會幫我處理，例如我個插頭跌爛咗，佢會幫我黐返好、粒鈕甩咗佢會幫我縫返、手機熒幕爛咗拮手佢會幫我換。

有時就算只係扰個垃圾，佢都會扮晒嘢咁拎住個垃圾袋同我講：「My lady, shall we go shopping now?」

佢擁有嘅唔多，但係佢好盡力咁滿足我嘅需要，所以我每日都好開心。我選擇佢作為我嘅伴侶，因為佢溫柔、佢善良，佢嘅膚色從來都冇影響過我嘅選擇。

當然同佢一齊都有唔開心嘅時刻，因為每次同佢出街，路人嘅眼光都充滿住疑惑。

「嘩，同黑人拍拖啊？」

「你睇吓佢女朋友係香港人嚟㗎。」

一開始我都說服自己係我多心，但當好幾次路人嘅「心聲」唔小心講咗出口嘅時候，我就知道，我感受到嘅眼光係真真切切嘅。每次喺呢啲時候，佢拖住我嘅手會更加用力，昂首挺胸咁繼續向前行。

我有時會唔開心，因為每次同朋友分享我嘅另一半係非洲黑人嘅時候，我聽到嘅問題都係千篇一律。

「非洲人個名係唔係好長㗎？」

「佢下面係唔係都長㗎？」

「非洲啲嘅仔係唔係仲係網上睇到咁㗎？」

「你驚唔驚你到時生仔，醫生接生嗰陣會因為個 BB 太黑睇唔清啊？」

對於呢啲問題，我一概都係唔會回答。因為我知道，每次佢聽到人哋問佢嘅故鄉係唔係仲係好落後嘅時候，佢都會好傷心。佢嘅故鄉已經唔再好似以前咁落後，佢唔知點解啲人只係睇到非洲嘅貧，而睇唔到非洲嘅美。我亦都知道，每次聽到啲人對非洲人嘅印象只有個名長同下體碩大，佢都會好唔開心。

「Some African men got small penises too! OK?」

我到今日都仲係好介懷，因為我嘅屋企人知道我決定嫁畀一個黑人之後極度反對，甚至話當生少一個女。

聽到屋企人咁講，我擔心嘅依然係佢。當佢知道我屋企人強烈反對

之後，有一晚佢 Message 我：「Honey, don't get this in the wrong way. I love you, but sometimes I just have weird thoughts. Maybe you think you are not good enough, so you find a black guy as your husband?」（親愛的，唔好誤會我。我愛你，只係有時我會諗埋啲奇怪嘢，你會唔會係因為覺得自己唔夠好，所以先揀一個黑人做老公？）

佢係一個大男人，一個唔服輸嘅大男人；佢係一個自尊心好高嘅人，一個好自豪自己膚色，自豪自己根源嘅人。

我從來都冇介意過佢嘅膚色，但係原來我哋每一次出街，我感受到嘅眼神，佢都感受到；每一次我朋友問充滿歧視意味嘅問題嗰陣，佢都聽到晒；每一次我屋企人反對時講嘅難聽說話，佢都默默記喺心。

一個最冇可能會歧視黑人嘅人，但就因為愛上咗一個普通嘅香港女仔，連佢都對自己嘅膚色帶有懷疑。究竟有問題嘅係佢？係我？係呢個社會？定係呢個世界？

佢 Send 嗰段 Message 畀我嗰陣，佢返咗去美國做嘢，我本身過多排先會去美國搵佢，但係我將行程提前咗，因為我想快啲去到佢身邊攬住佢，話佢知：「我愛你，我愛你幫我搬雪櫃嗰陣係用頭頂住個雪櫃上樓。

我愛你，我愛我哋每次夜晚影相嗰陣都要校好耐曝光，而我哋每次都會笑好耐。

我愛你，我愛我哋行山嘅時候，如果啲草太高，你會直接公主抱我行過去。

我愛你，係因為你係你，你嘅外在冇一刻影響過我愛唔愛你。」

愛係冇顏色㗎，因為愛係屬於所有顏色。我認為人係渴求被愛，呢個世界都需要有愛，如果你對膚色有偏見，其實唔係變相減少咗自己可以愛上嘅人咩？

而最後我想講嘅就只係，非洲人嘅名唔係個個都咁 L 長㗎！！

Owusu Tawiah Seth, I love you.

致愛

親愛嘅女女，由嗰一日媽媽無助咁喊住同你講「唔知點算」，而你攬返住我，安慰返我嗰日開始，我就知道你其實比我想象中更加懂事。媽媽唔知道，我同你爸爸離婚，你究竟明白幾多，究竟知道幾多。但係我覺得終歸有一日，係應該等你知道成件事嘅經過。雖然呢一封信並唔係媽媽親手寫嘅，但係我可以保證裡面嘅內容全部都係我想講畀你聽嘅。

當初認識你爸爸嘅時候，我覺得佢係一個好溫和嘅人。就算我因為有意外而遲到成個鐘，手機又冇晒電聯絡唔到你爸爸，當時佢都冇怪過我一句遲到，而都係嗰時開始，我接受你爸爸嘅追求。你爸爸係 9 月同我表白，12 月就向我求婚。當年我二十九歲，望住眼前嘅男人，佢有樓、收入穩定、對我都好，我心諗可能都係時候，咁做好似都係啱，於是就答應咗你爸爸。

本來係打算慢慢籌備婚禮，但 3 月尾嘅時候，我發現我有咗你。而我好記得，啱啱一齊嘅時候，你爸爸同我講過，佢係冇辦法生育嘅，所以一直都冇做安全措施（所以女你絕對唔好信啲男人講話「冇事嘅」）。雖然好驚訝，但當我知道自己陀住你嘅時候，我就決定一定要生你出嚟。所以我哋 4 月就註冊，7 月就擺酒，希望你係喺一個完整嘅家庭出世。

當時你嫲嫲就咁同我講:「到時你生咗出嚟,我都會幫你手湊,生完你就專心照顧個 B 啦。」

我聽到之後都覺得咁做係啱嘅,做女人,好似應該喺結婚之後專心照顧小朋友。於是我辭咗職,打算做全職媽媽。但係就係你嫲嫲同我講完之後,我開始晚晚發同一個惡夢。

我夢見我喺政府醫院生咗你,但係你爸爸同嫲嫲冇理到你。有人過嚟抱走咗你,我想起身去搶你返嚟,但係我嘅傷口冇人處理,手術室仲熄埋燈,我不停叫不停喊都冇人理。我一直都好擔心,你會唔會有咩三長兩短。

所以去到懷孕第三十二週,我個肚開始好痛嘅時候,痛到個人伸唔直條腰,要九十度抱住個身先企到,我真係好驚。我即刻去醫院做檢查,但係除咗照超聲波之外乜都做唔到。媽媽擔心你會出事,所以前前後後去咗幾次醫院。

有一次行街忽然間肚痛,你婆婆就即刻將我送咗去私家醫院。醫生講:「因為你而家懷孕,有啲藥同檢查唔做得,但係如果疼痛持續嘅話,為健康著想,可能要考慮早產。」

我當時喊到傻咗，因為早過三十五週分娩嘅話，BB 好大機會會有健康問題。惡夢由嗰一日開始慢慢成真，出到醫院之後，你嫲嫲同我講：「我哋屋企唔係有錢人，冇咁多錢畀你去使，小小痛點解你唔忍吓？唔好成日晒錢。」

我望住你爸爸，我諗住佢會企喺我嗰邊。但係佢冇，佢甚至認同你嫲嫲，仲同佢一齊話我。好彩你婆婆一直都好支持我，同我講：「如果要生就生，最緊要係你冇事。」

不幸中嘅萬幸係，後嚟醫生診斷到係肋骨發炎，醫生話有藥可以食，但我驚食藥會影響到你，所以我用咗差唔多七個禮拜，每日忍住劇痛，去等佢自然好返。當時我成日洗自己腦，覺得咁樣係啱，我咁樣做我一定會幸福，身邊朋友都咁講，話我好彩，嫁到去呢個屋企，基本上唔使點做嘢，但有苦自己知。

去到第三十九週，你好順利咁出世。

但你出世之後，你爸爸一得閒唔係嚟湊你，而係走去打波。而你嫲嫲，就好似從來未湊過 BB 咁，有一次幫你換尿片，抹到你成身都係屎。當晚我情緒好崩潰，你婆婆同你公公馬上趕過嚟，呵斥你爸爸究竟搞緊

乜嘢,去到天光都嘈緊。嘈到你爸爸怕,終於肯請陪月。仲話同我去大阪玩幾日放鬆吓,我心諗:「你個女啱啱先出世,玩咩啊……」

但係你婆婆知道之後,好支持我去放鬆吓。佢話我哋只係去幾日,佢會幫我湊住你,叫我去轉換吓心情。於是我就跟咗你爸爸一齊去大阪。

講起嚟先好笑,嗰次係我第一次同唯一一次同你爸爸去旅行。去到當地,你爸爸死都唔肯搭車,要行差唔多成個鐘先去到民宿,間房仲要係望住個墓園。佢話去環球影城玩,我知自己身體未完全恢復,體力唔夠,所以話不如輕鬆周圍行吓算,但你爸爸就好堅持想去玩。結果就真係出事,因為行太多路,對於產婦嚟講負擔實在太大,我又劫又痛,但係想喊都已經喊唔出。喺返香港嗰程機,我望住你爸爸,我知道,我已經唔鍾意你爸爸,甚至唔愛你爸爸。

我同你爸爸提出離婚,你爸爸同意咗,甚至係冇諗過挽留我。我諗其實喺佢心目中,我只不過係佢個女嘅媽媽,我唔係佢嘅人生伴侶。所以女,你要記住,並唔係男人向你求婚,佢就真係當你係人生伴侶,呢個社會真係有一種男人只係當女人係生育工具。

決定離婚之後,生活變得更加艱苦,當初你爸爸同嫲嫲話會幫我手一

齊湊個 B，叫我唔使擔心錢，所以我先辭職。但你爸爸每個月只係畀八千蚊我，呢八千蚊包括埋要買你嘅所有生活用品（奶粉，尿片，食物），第一個月之後我先知，原來佢完全冇考慮過我都需要使費，甚至有時八千蚊都唔夠買你所有嘅用品。所以媽媽決定返兼職，當時每日都過得好劫。

有時，我都覺得喺香港做一個女性其實都幾慘。未結婚前，男人會當你寶，叫你做「BB」。但係結咗婚之後，大家會開始叫你做「乜太」。當你生完之後，大家會叫你做「BB媽媽」。就好似慢慢冇人記得自己個名，我嘅身份係人哋嘅老婆，係小朋友嘅媽媽，咁「我」呢？「我」去咗邊？

如果有一日，你都面臨要唔要結婚嘅人生抉擇，我希望你好好咁諗清楚自己想要嘅係乜，你想成為點嘅人，絕對唔好成為人哋嘅附屬品。婚姻絕對唔應該成為你嘅賣身契，如果一段婚姻唔可以令你成為更好嘅人，佢會拖累你，佢會改變你嘅本質。媽媽希望你講我願意之前，好好咁諗清楚。

而我都好希望到時我依然喺你身邊，希望你搵我傾吓，我一定會盡全力去理解你。

媽媽知道咁多年，你都默默忍受咗好多。你讀幼稚園嗰陣會成日咬手指甲，成日好焦慮，但係喺屋企嗰陣你就反而成日攬住我，安慰我。我有時覺得你仲成熟過我，我可以做你嘅媽媽真係太好喇。

所以我下定決心，我去進修，去學化妝，去返工，去做返自己本身熱愛嘅事。

因為我想話畀你聽，女人就算靠自己都可以過得好好。

我想話畀你聽，一個女人活得精彩嘅模樣應該係點樣。

我想話畀你聽，媽媽會盡力做你最好、最鍾意嘅媽媽。

我想你可以由衷咁覺得，你好開心，你嘅媽媽係我。

向世界

咆哮我愛你

喺《西遊記大結局之仙履奇緣》裡面有一幕,觀音責問孫悟空嘅時候,孫悟空好嬲咁掉走月光寶盒,但唐僧一下接住,拎返去畀孫悟空。孫悟空諗住搶返,唐僧就問佢:「你愛啊?你愛要出聲至得㗎。你愛我會畀你,你唔愛我當然唔會畀你啦。右理由你話愛我唔畀你,你唔愛我畀你㗎。大家講道理㗎嘛。嗱,我數三聲,你話愛唔愛喇啵……」

「我超!」

當時睇只係當呢段係表達唐僧有幾煩膠,之後我先明白呢幾句好似廢話嘅道理,卻係好多好多人都唔夠膽去做嘅事。正如至尊寶從來冇正式咁對紫霞講過我愛你,而我爸爸媽媽仲衰,佢哋喺最後嘅三年,甚至冇同對方講過一句說話。

究竟係幾時開始變成咁呢?明明喺我嘅記憶之中,爸爸同媽媽一直都好恩愛。爸爸係好大男人嘅人,而媽媽就係典型小鳥依人嘅小女人,平時嘅生活佢哋都有講有笑。媽媽會將爸爸放喺第一位,就算前一晚鬧大交都好,第二日媽媽都係會一早起身就沖定爸爸每日要飲嘅茶。

但係日子耐咗,慢慢就唔係咁,佢哋之間嘅小磨擦愈嚟愈多。我本身以為兩公婆有拗撬好正常,所以我冇留意到爸爸塊面愈嚟愈黑,媽媽

佢唔開心嘅時間就愈嚟愈多。如果唔係我冇當佢哋鬧交係一個大問題嘅話，我都唔會喺中四嘅時候，去求媽媽幫我轉校。

轉校學費會貴咗，但我唔想俾爸爸知。媽媽由細到大都好錫我，我哋與其話係母子更加似係朋友，好好好好嘅朋友。所以媽媽佢諗咗一下，就笑住答我：「好啊，你乖乖讀書就得，錢嗰度交畀我。」

但紙包唔住火，我俾人踢爆咗，爸爸知道我轉咗校，佢開始怪責媽媽，話佢唔識教我，話佢唔識做人老母。嗰一晚佢哋嘈得好犀利，但係我估唔到嘅係，由嗰一晚開始佢哋兩個就冇再同對方講過一句說話，係真係微小嘅一句都冇。

以往嘈交，媽媽都會冚返爸爸，但今次似乎佢都下唔到啖氣，佢只係想爸爸冚自己一次，點解一次都唔得？爸爸佢每日返到屋企就係黑住塊面，一句聲都唔出咁食飯，一句聲都唔出咁返房瞓。所以媽媽佢都心灰意冷，雖然每日依然會打點好所有家頭細務，但夜晚會嚟我間房打地鋪。

時間慢慢過，一個月，半年，兩年，大家似乎習慣咗呢種唔健康嘅相處。我好記得有一晚，我忽然問媽媽：「其實如果真係好唔開

心嘅話，不如離婚啦，我大個，唔使擔心我。」

媽媽聽完側過身，饒有興致咁笑住同我講：「傻嘅，我愛你爸爸，我好愛好愛你爸爸，我認定咗今生就係想同呢個男人過㗎喇。」

「但係佢而家咁對你喎！」我馬上變得好激動。

媽媽合上雙眼，臉帶微笑咁講：「結婚同拍拖唔同，兩個人要行落去無論幾夾都好，都一定會有磨擦會有唔開心，最重要嘅問題係你要問清楚自己究竟係唔係認定呢個人，如果係嘅，咪諗辦法捱過去；如果唔係嘅，咁咪唔好浪費時間囉。你到時拍拖都係啊，要搞清楚自己係唔係認定係佢。」

講真我理解唔到，我係好嬲，咁多年媽媽佢對爸爸係千依百順，點解呢個男人可以為咗自己所謂嘅面子去折磨自己嘅老婆？

爸爸佢由細到大都唔係點理我，媽媽佢一個人要做晒咁多嘢，但係佢就從來都冇喺我面前講過辛苦。由細到大，我咩都唔缺。我去陸運會，佢係喺觀眾席叫得最大聲嗰個；我話要轉校，佢諗都唔諗拎晒啲積蓄出嚟，仲話自己一個人使唔到咁多錢；我考大學，佢就日日陪我溫書；

我失戀，佢喊得仲傷心過我。即係你明唔明，就好似細細個你就搵到盞神燈，個燈神會陪你笑陪你喊，無論發生咩事都好，佢都喺度陪住你。

所以我對爸爸嘅怨恨，係一日比一日深，我好希望佢有報應，都好希望我媽媽可以離開佢。

大約喺佢哋之間冇再講嘢嘅第三年尾，有一日我忽然接到電話，話媽媽佢爆血管，入咗醫院。當我趕到去醫院嘅時候，我望到嗰個由細湊到我大嘅女人，氣虛血弱咁瞓喺病牀，我聽到醫生同我哋講，係得返最後呢幾日。我好想喊，但係我喊唔出，原來當人悲傷到極致，係會連喊都唔記得點喊。

爸爸撕心裂肺咁喊，喊到成個細路咁，佢不停向媽媽講對唔住，唔知點解我聽到之後好嬲，我好想捉起佢打佢一身，向佢咆哮。

「你去死啊！點解受苦嗰個唔係你！點解你唔識珍惜佢啊！點解你唔對佢好啲啊！點解要後悔啊！唔好扮好人啊！！！！！！！！！！！」

媽媽似乎察覺到，佢叫咗爸爸出去，佢拉住我嘅手，同我講：「你乖，媽媽冇嬲你爸爸喇，你啱啱都見啦，佢同你一樣都係傻仔，答應

媽媽，之後慢慢原諒你爸爸好唔好？媽媽係真係愛佢，好想佢好，都好想你好，好想你哋好。你乖，你答應媽媽好唔好？」

喊到講唔到嘢嘅我，用力答佢：「好。」

之後，爸爸一直守喺媽媽身邊，佢哋最後嘅時間似乎好快樂，爸爸緊握住媽媽嘅手，直到最後。

喺一個安靜嘅平日，媽媽過咗身。

喺辦理完所有手續之後，我望住爸爸，唔知點解我唔想同佢講一句說話，我想遠離呢個人，答應咗媽媽嘅事我可能呢世都做唔到。爸爸佢想修補同我嘅關係，佢對我嘅關心多咗，但我只係覺得厭惡。

我究竟係嬲啲咩？我諗我係嬲爸爸佢真係愛媽媽，但係佢因為面子同一啖無謂嘅氣，三年唔同佢嘅愛人講一句說話。

唔講出口嘅愛，究竟係自我滿足？定犧牲？

有可能我嬲係因為我不忿，我不忿爸爸對媽媽咁差，而媽媽冇怨恨

佢，既然媽媽唔嬲，就由我嚟幫佢嬲？但有可能嘅，其實我都嬲我自己，我冇幫到媽媽，我做得唔夠，我未用盡力等媽媽知道我愛佢。

可能喺我眼中，我同我爸爸一樣，始終都係未將「愛」完全講出口。

遲到嘅愛，根本就一文不值。

假如你仍然有機會，請你不顧一切，去等你愛嘅人，知道你愛佢。

我願意向世界咆哮我愛你，但你已經聽唔到。

一人一足的歸宿

利君牙

幾日前收到導演 Order，叫我幫《圍爐取戀》本書寫一篇有關於我對「歸宿」嘅感想。如果呢個問題一個月前問我呢，我應該係會龜縮嘅（哈哈）。

因為我以前覺得，拍拖就係 Happy 啦，玩啦，嘻嘻哈哈㗎咋。但係就喺呢一個月（2021 年 6 月）入面，呢個世界好似愈嚟愈奇怪，實在有太多嘢你控制唔到。即係你以為某啲嘢會一直喺度，但係佢就突然消失。當呢個世界有咁多嘢控制唔到嘅時候，我就開始擺更多嘅心機喺身邊嘅人身上。

如果講起「歸宿」嘅話，按字面意思，就係你工作完去休息嘅地方，而呢個地方就應該係好舒服嘅，你做乜都得嘅。

所以如果呢個「歸宿」係一個人嘅話呢，佢應該都係一個你同佢做乜都得，講乜都得嘅人嚟嘅。咁可能有啲人就會話：「超～如果你話做

乜都得講乜都得嘅話，咁屋企人同朋友都得啦。」但係我就係覺得，正正係因為呢個世界而家咁樣，有好多嘢係唔會夠膽隨便同人講嘅。

一嚟你可能會驚麻煩到人，人哋會擔心，或者驚自己發放咗啲負能量畀人，好似逼人哋聽你啲 Negative 嘢咁；二嚟你可能會擔心人哋點諗你。總之有好多嘢要考量。

因為咁我就覺得，而家呢個世界變成咁，你有一個歸宿、有一個人喺你身邊真係好緊要。佢直頭可以係你失眠嘅時候嘅安眠藥，直頭可以係一套你每次唔開心睇完都會笑嘅笑片。

我拍《圍爐》其實就唔係拍咗一段好長嘅時間，只係拍咗十幾集，大概四個月左右。當初導演搵我嘅時候，我都覺得好驚訝㗎，因為我係絕對冇驚天動地咁戀愛過，我冇乜好勁嘅故事可以分享畀大家聽。但係我當然都有衰過，都有拍過幾次拖，都有行過一段路，先變成今日嘅我。

而我做咗呢十幾集之後，最大嘅感想就係，有好多時打上嚟嘅人，都有一個共通點，就係未係好了解自己。佢哋好鍾意收埋自己嘅缺點，又或者唔會特登提起，多數都係提對方做咗啲乜嘢，然後由我哋去安慰佢。

而「了解自己」其實係喺愛情入面一個好重要嘅議題。雖然好老套，但係無論拍拖或者結婚都好，其實就好似玩緊二人三足咁，而你要玩得叻嘅要訣就係：你要先玩得叻一人一足。只有你搞掂自己，成為一個獨立嘅人，咁當你搵到你歸宿嘅時候，你先可以將二人三足嘅力量發揮到最大，可以行到最遠。

要搵到自己嘅歸宿，自己都要有能力成為人哋嘅歸宿。我都祝大家可以搵到自己嘅歸宿啦！

作者：潘小肥

編輯：Minami、Sonia Leung、Tanlui

校對：東、Akina

美術總監：Rogerger Ng

書籍設計：方包

出版：白卷出版社

　　　黑紙有限公司

　　　新界葵涌大圓街 11–13 號同珍工業大廈 B 座 1 樓 5 室

網址：www.whitepaper.com.hk

電郵：email@whitepaper.com.hk

發行：泛華發行代理有限公司

電郵：gccd@singtaonewscorp.com

承印：栢加工作室

版次：2021 年 7 月　初版

　　　2021 年 7 月　第二版

ISBN：978–988–74870–4–3